그곳에 가면

행복이 흐른다

그곳에 가면 행복이 흐른다

발행일   2019년 6월 7일

지은이   윤문식
펴낸이   손형국
펴낸곳   (주)북랩
편집인   선일영   편집   오경진, 강대건, 최승헌, 최예은, 김경무
디자인   이현수, 김민하, 한수희, 김윤주, 허지혜   제작   박기성, 황동현, 구성우, 장홍석
마케팅   김회란, 박진관, 조하라
출판등록   2004. 12. 1(제2012-000051호)
주소   서울시 금천구 가산디지털 1로 168, 우림라이온스밸리 B동 B113, 114호
홈페이지   www.book.co.kr
전화번호   (02)2026-5777   팩스   (02)2026-5747

ISBN   979-11-6299-726-0 03810 (종이책)   979-11-6299-727-7 05810 (전자책)

이 도서의 국립중앙도서관 출판예정도서목록(CIP)은 서지정보유통지원시스템 홈페이지(http://seoji.nl.go.kr)와
국가자료공동목록시스템(http://www.nl.go.kr/kolisnet)에서 이용하실 수 있습니다.
(CIP제어번호: CIP2019022161)

(주)북랩 성공출판의 파트너

북랩 홈페이지와 패밀리 사이트에서 다양한 출판 솔루션을 만나 보세요!

홈페이지 book.co.kr   •   **블로그** blog.naver.com/essaybook   •   **원고모집** book@book.co.kr

걷 는 즐 거 움 에 관 한 명 상

그곳에 가면 행복이 흐른다

윤문식 지음

북랩 book Lab

추천의 글

제주에서 보내는 기회가 잦아진 건 불과 5년 전이다. 제주에서 직장을 가진 아내와 주말 부부 생활을 하면서부터이다.

짧게는 2~3일 길게는 10일 정도 제주에 머물게 되면서 제주에 사는 친구들과 골프를 하거나 혼자 자전거 타는 일이 제주에서의 주된 여가 생활이 되었다.

나는 시원하고 바람이 부는 날씨를 좋아해서 제주를 좋아하였다. 등산도 좋아하기에 간혹 계절마다 한라산을 오른다거나 유명한 오름들을 가는 일도 다른 일상이었다.

2015년 제주 올레 축제에 참가하면서부터 제주 올레를 맛보게 되었다. 그때 올레 축제는 10월 30일과 31일에 올레 20코스와 21코스를 걷는 것이었다. 나는 아내와 장모님과 함께 참가하였다. 20~21코스는 올레 26코스의 마지막, 즉 올레를 완성하는 도정이다. 처음 느끼는 제주의 새로운 **맛과 냄새였다.**

올레는 자연 그대로의 길이다. 바닷길과 산길, 그리고 마을길이

쉼 없이 자연과 어우러져 있다.

나는 틈만 나면 올레를 걷는다. 대부분 혼자였는데, 자전거 타는 것과는 다른 체험이었다. 걸으면서 보고, 먹고, 듣고, 생각하고, 말하고, 숨 쉬고, 느끼니 이는 운동이기보다 생활이다.

또한 휴대전화의 기능을 새롭게 느꼈다. 음악을 듣고, 전화하고, 사진을 찍고, 자료를 찾으니 참 대단한 물건이었다. 즐거운 시간 속에서 새로운 행복이 스며들었다.

최근 심리학에서 행복을 주제로 많은 연구들이 진행되었다. 소위 **긍정 심리학**이라 불리는 분야의 화두가 **행복**이다.

행복은 말이나 글로 설명되거나 측정되는 것이 아니다. 행복은 순간적인 체험이다. 행복 상태에서는 뇌에서 기쁨이나 만족과 관련된 신경전달 물질들이 활성화되고, 마음에서는 기쁨과 만족감이 느껴지며, 몸에서는 스트레스 반응이 감소하게 된다. 사랑을 경험하면서 체험하는 자아(Self)와 경험을 관찰하는 자아가 동시에 반응한다. 행복한 순간을 체험하는 자아와 함께 뇌와 마음 및 몸에서 일어나는 행복을 관찰하는 자아가 **힐링**(Healing) 상태에 도달한다.

힐링하는 자아는 보다 행복하도록 체험하게 하고 스스로 사랑을 인식하게 한다. **행복과 힐링**을 통해서 자신과 타인을, 자연을, 세상을 사랑하게 한다.

작년 겨울에는 몇 달간 안식을 가졌기에 여러 올레 코스를 연달아 다닐 수 있었다. 12월 중순 어느 날 올레 7코스 **속골** 근처에서 저자인 윤문식 선생과 조우하였다.

올레길에서 만난 분들은 마음이 쉽게 통하는 분들이다. **힐링**이 되어 사랑하는 마음과 여유를 가진 분들이기 때문이다.

그곳에 가면 *행복*이 흐른다

이제 몇 코스만 걸으면 올레 코스를 완주한다. 이미 몇 개의 인기 있는 코스들은 친구들과 두세 번 다닌 코스들이다. 여러 번 걸을수록 보다 행복하고, 동반자가 다를수록 새로이 힐링이 된다. 올레를 완주해도 앞으로 반복하며 올레를 걸을 것 같다.

새로운 행복이 충만하고 사랑하는 마음이 넘치길 기대하고, 누워서도 올레의 여러 코스들이 활동사진처럼 떠오르길 바란다.

윤문식 작가의 책에는 제주의 사랑이 넘친다. 제주에 가지 않아도 책 한 권으로 힐링이 넘치길 바란다.

추천의 글을 쓰게 됨에 감사하며 마침표를 넣는다.

2019년 4월 어느 날

연세대 의대 교수, 세브란스 병원 소아청소년정신과 과장 송동호

그곳에 가면 *계곡*이 흐른다

저자의 글

오늘도 나는 꿈을 꾸었다. 어제와 똑같이 즐거움이 가득한 행복한 꿈이다. 거기엔 늘 그랬듯이 검은 돌담을 따라 겹겹이 펼쳐진 푸른 밭의 수채화 너머로, 넘실대는 쪽빛 바다와 그보다 더 파란 하늘이 맞닿으며 형언할 수 없는 자연의 색깔들을 쏘아대고 있었다. 제주다!

난 오늘 그 행복한 꿈에서 깨어 눈을 뜨면서 나도 모르게 벅차오르는 가슴을 애써 진정시켜야 했다.

왜 그랬을까?

제주 한 달 살이. 많은 사람들의 로망이기도 한 제주 한 달 살이를 위해 드디어 회사에 휴가 계획서를 제출했기 때문이다! 하루하루를 설레는 마음으로 일을 하니 평소 힘들었던 일도 그렇게 좋을 수가 없었다.

회사로부터 휴가에 대한 재가를 받고 본격적으로 제주 플랜을 짜기 시작했다. 그동안 수차례 여행을 해 보았지만 생각보다 제주가 아주 넓다는 생각이 들었다.

Part 4와 Part 6 말미에 글을 제공해 주신 김경희, 윤미영 님께 감사드린다.

2019년 6월

윤윤식

목차

PART 01 제주 한 달 살이

PART 04 테마 여행

제주 한 달 살이

김포공항 출발

웬일일까?

평소 눕기만 하면 잠을 잘 잤었는데 오늘밤은 웬일인지 잠이 통 오질 않는다. 뒤척뒤척이다 12시가 넘어서야 잠이 들었는데도 불구하고 오히려 일찍 잠에서 깨어났다.

요즈음 나는 매일매일이 하늘을 나는 기분이다. 드디어 오늘은 그동안 설렘으로 준비하였던 제주살이 한 달 체험을 위해 꿈의 섬으로 떠나는 날이다.

어제도 여러 번 보았지만 준비물 체크리스트를 보면서 필요한 것이 빠지지는 않았는지 하나하나 꼼꼼히 체크해 나가는데 볼펜 쥔 손가락이 가볍게 떨리기까지 하는 걸 보니 웃음이 났다.

캐리어에 짐을 빵빵하게 넣으면서도 무겁다는 생각보단 괜시리 흥이 나서 콧노래가 절로 나온다.

이번 제주 계획이 성공적으로 진행되길 바라며 기도하는 마음으로 출발!

많은 사람들의 로망이기도 한 제주살이 체험을 나 같은 사람도 할 수 있다는 사실에 감격하며 길을 나서니 발걸음도 가볍다. 메말랐던 가슴에 낭만의 불을 지피고 잠자던 감성을 자극하게 될 이번 여행이 몹시 기대되기 때문일 것이다.

수없이 가본 곳인데도 설레기는 마찬가지. 두근거리는 가슴을 진

그곳에 가면 *계록*이 흐른다

정시키며 공항으로 출발을 했다. 종합운동장에서 출발하는 9호선 급행열차에 몸을 실으니 40여 분 만에 김포공항에 도착했다.

수속을 마치고 비행기에 올라 조용히 눈을 감고 감사의 기도를 드려 본다.

케니스토리 호텔

 여행의 동선을 고려해 서귀포 시내 중심에 있는 케니스토리 호텔에 여장을 풀었다. 민박도 있고 펜션도 많지만 아침을 꼭 먹어야 하고 또 잘 먹는 습관 때문에 잠자리보다는 조식이 잘 나오고 가성비 좋은 이 호텔로 일단 18일간 예약했다.

 제주공항에서 호텔까지는 약 1시간 정도가 걸린 것 같다. 서귀포 중앙 로터리에 내려 5분 정도 걸어가니 호텔이 보인다.

 아담한 건물인데 가까이 가 보니 1층은 주차장으로 쓰고 있는데 주차장 벽면에 예쁜 그림과 글씨가 단번에 마음을 사로잡는다.

 여행은 언제나 설레라.

 와, 대박! 감동이다.

 제주 한 달 살이 환영식치고는 되게 마음에 든다. 처음 소절을 읽어 보니 다음 벽도 보고 싶어졌다.

 그곳에 가면 행복이 흐른다.

 이 그림과 문구를 보는 순간 심장이 멎을 듯 발바닥이 바닥에 붙어 떨어지질 않는다. 그곳에 가면 행복이 흐른다고? 나에게 되물어 보았다. 글을 읽고 있노라니 머릿속 상상의 나라는 나래를 펴고 창

공을 훨훨 날아가는 기분이 든다.

누가 지었을까?
누가 그렸을까?

설레는 마음이 진정이 되질 않는다.

당신 곁에 앉아서 보는 세상은 아름다워.

그대가 꺾어준 꽃 시들 때까지 들여다보았네.
그대가 남기고 간 시든 꽃 다시 필 때까지.

이 마지막 글은 큰 차가 주차되어 있어서 아래쪽이 안 보였지만 다음 날 차가 나간 후에 다시 가서 읽었을 정도로 나에겐 큰 울림이 되어 다가왔다.

그동안 여행하면서 다녔던 숙소와는 첫 느낌부터 달랐다. 괜히 기분 좋은 느낌이랄까!

짐이 있는 관계로 자동문을 통과해서 엘리베이터를 타고 2층으로 올라가니 오른쪽에는 레스토랑이 있고 비교적 작은 규모의 로비에는 3명의 직원이 근무하는 프런트가 있었다. 친절하게 맞이해 주는 직원들의 인사를 받으며 체크인을 했다.

그런데 카드를 두 장이나 준다. 설명을 들어보니 하나는 키 카드이고 하나는 전국 어디서나 사용할 수 있는 스타벅스 5천 원 권 카드란다.

사실 별거 아닌데도 오늘 기분 좋음이 따따불이다.

숙소에 들어오니 싱글 침대 두 개가 놓여 있는 아담한 방인데 비즈니스 호텔이라서 그런지 싱크대와 인덕션, 드럼세탁기까지 구비되어 있다. 특별히 쓸 일은 없겠지만 장기 투숙객을 위한 배려라 생각이 든다. 고것 참 마음에 든다.

그곳에 가면 행복이 흐른다

삼다수 숲길

여행의 동선을 고려해서 서귀포 시내 중심에 있는 케니스토리 호텔에 18일간 예약을 했다. 아담한 건물인데 깔끔하고 가성비가 좋아 이번 기회에 서귀포 지역을 전부 돌아볼 요량으로 잡았다.

숙소가 마음에 들어서인지 몰라도 지난밤에는 잠을 포근하게도 잘 잤다. 집에서나 나와서나 이렇게 낮밤 가리지 않고 잘 자는 것도 얼마나 감사한 일인가!

밖을 보니 다행히 날씨는 괜찮아 보인다. 첫날 밤의 숙면에 이어 첫 식사도 기대가 된다. 2층으로 내려가 직원들과 가볍게 인사를 하고 레스토랑에 들어가니 이른 시간인데도 삼삼오오 식사하는 사람들이 많다. 초등학생쯤 되는 아이들이 여럿 있는 걸 보니 가족끼리 온 사람들이 많은 것 같다.

한 60명쯤 앉을 수 있는 레스토랑에 차분한 음악이 흐르고 한쪽 벽면에는 제주도를 커다랗게 그려 놓았는데 주요 관광지를 쉽게 볼 수 있도록 글씨가 새겨져 있다. 흠! 여행자를 위한 특별한 발상이다.

아메리칸 뷔페 스타일로 차려진 십여 가지의 음식이 참 깔끔해 보인다. 30대로 보이는 영양사와 60대의 전문 셰프 그리고 외국 여성이 주방에서 열심히 음식을 만들고 있다.

우선은 첫 접시에 채소와 전복죽 그리고 계란찜을 담아서 먹는데 전복죽이 의외로 맛있다. 두 번째 접시에 총각무, 시금치나물, 미역국, 밥, 단호박을 쪄서 으깬 다음 견과류로 뭉친 것, 이름은 모르겠다. 그리고 소시지 2개를 담아서 맛있게 먹었다. 세 번째 접시에 방울토마토, 바나나, 오렌지로 마무리. 이렇게 맛있게 먹을 줄이야!

첫 출발도 좋았고 첫인상도 좋았고 첫날밤도 잘 잤고 첫 아침밥도 잘 먹으니 첫 나들이도 기대가 된다.

다른 여행지도 설레기는 마찬가지지만 제주 여행은 더 각별히 설레고 즐겁다는 느낌이 든다. 여럿이 벗들과 어울려 함께하는 여행도 즐겁지만 이번 여행처럼 혼자라도 외롭지 않다.

그 이유는 제주엔 울창한 원시림의 숲이 있기에 가능한 게 아닌가 생각해 본다. 삼나무, 편백나무 등과 같은 하늘로 쭉쭉 뻗은 나무들이 있는가 하면, 이런들 어떠하리 저런들 어떠하리 하며 돌과 뿌리와 가지들이 뒤엉킨 곶자왈이 있어서 깊은 원시 밀림을 걷는 착각을 하게 한다.

제주살이 첫 나들이는 삼다수 숲이다. 이번 삼나무 숲의 정보는 우연하게 알게 되었다. 제주 현대 호텔에 묵을 때 친절하게 대해 주던 주방 아주머니와 대화하던 중 요즈음 많은 사람들로부터 인기가 많은 사려니 숲이 참 좋더라고 하니 아주머니 왈, 사려니 숲 근처에 삼다수 숲이 있는데 사려니 숲은 아무것도 아니란다. 옆에 있던 다른 분도 거든다.

세상에 예전에 사려니 숲을 걸으면서 큰 감동을 받았는데 얼마나 멋지면… 궁금해서 견딜 수가 없었다.

오! 드디어 기다리고 기다리던 제주 한 달 살이 첫 나들이. 당연히 삼다수 숲을 찾았는데 그 아주머니의 말이 틀림이 없었다.

유명한 곳은 그 유명세 때문에 숲과 대화하기가 쉽지 않다. 그러나 이곳은 잘 알려지지 않은 까닭에 인적이 드물다. 오늘 나는 4시간을 걷는 동안 딱 3명과 마주쳤을 뿐이다.

그런데 더 놀라운 건 송아지만 한 커다란 노루가 앞에서 어슬렁거리는 거였다! 난생 처음으로 자연에서 노루를 본 까닭에 몹시 흥분되어 살며시 사진을 찍으려고 하니 숲속으로 사라져 버린다. 나중에 안 사실이지만 아침에는 더 많이 볼 수 있단다.

호텔 근처에 있는 중앙로터리 파리바게트 앞 정류장에서 231번을 타고 약 50분을 이동해 교래리 사거리에서 내려 종합복지센터 앞에서 걷기를 시작했는데 숲까지는 약 1㎞ 정도 시멘트길을 걸어야 하는 단점도 있었지만 입구에 들어서자 하늘을 찌를 듯 빽빽하고 울창한 삼나무 숲이 터널을 이루고 은은하게 풍기는 숲 내음은 심장을 고동치게 한다.

이게 숲 사랑인가? 숲 중독인가?

한참을 올라가니 A코스 5,2㎞ 2시간, B코스 8,2㎞ 3시간 반 걸린다는 갈림길이 나왔다. 망설임 없이 B코스를 택해 천천히 천천히 숲과 교감하며 걷는 기분 짱이었다.

더군다나 걷는 길은 반환점을 돌 때까지 두툼한 카펫을 깔아 놓아서 충격이 덜하며 언덕은 계단을 만들지 않고 계단 대신 굵은 동아줄로 미끄러지지 않게 만들어 놓았는데 굿 아이디어다. 반환점을 돌아 내려가는 길은 거친 곶자왈 형태의 숲길이지만 걷는 데는 큰 무리는 없었다.

걷기를 시작하는 초입에 '숲애'라는 식당이 있는데 걷기를 마치고 그냥 지나치려고 하다가 우연히 들렀다. 그런데 그 식당이 내 입맛을 사로잡는 맛집! 카페 같은 분위기와 넓은 주차장에 친절한 주인장까지. 닭계장을 시켰는데 너무 맛있어서 공기밥 반 그릇을 추가해서 먹었다. 블랙커피는 덤으로 8천 원. 으히히히~ 기분이 좋아지니 저절로 상상의 나래가 펼쳐지네!

- 제주일보 삼다수 기자입니다. 오늘 제주여행 첫 나들이의 소감은 어떠했습니까?
- 네! 제주 삼다수 숲, 울창한 산림 속 걷기 참 좋았습니다. 발이

불날 정도로 4시간, 2만 4천 보를 걸었지만 푸르름이 살아 있는 겨울철 산림욕 잘 했습니다.
- 그렇게 좋으셨다면 다시 방문할 계획이 있나요?
- 네! 4월에 친구들과 다시 올 겁니다.

커피를 마시면서 제주 한 달 살이 연재를 올린다. 입가엔 흐뭇한 미소를 띠면서….

올레 5코스

지난밤부터 비가 내릴 듯 흐린 날씨더니 새벽부터는 비가 내리기 시작한다. 포근한 날씨 때문인지 봄비 같은 느낌이 든다.

바람이 많이 분다는 제주지만 오늘처럼 잔잔한 바람은 첫 도전을 하는 초행길 초보자에겐 환영 인사와도 같다. 그러므로 비가 내려도 설레기는 마찬가지다.

오늘 일정은 제주 곶자왈 탐방을 할 계획이었는데 비에 대한 장비를 갖추지 못하여 부득이 일정을 변경할 수밖에 없었다. 그런데 이 일정 변경이 제주 올레에 심취해 버리는 계기가 되었을 뿐 아니라 꿈과 목표를 갖게 할 줄이야….

그동안 여행 중 부분적으로 걸어 보긴 했어도 한 번도 완주를 해본 일이 없는 제주 올레 중 숙소에서도 가깝고 또 여러 사람이 추천해 준 곳이며 비교적 걷기 좋고 아름답다는 5코스에 도전하기로 목표를 정하였다.

택시로 10여 분 거리에 있는 쇠소깍에 도착해 준비해 간 우비를 입고 검은모래 해변에서 사진도 찍고 파도 소리를 들으면서 산책도 하며 워밍업을 했다. 비오는 날씨인데도 해변을 산책하는 사람들과 걷기 여행자들이 종종 눈에 띈다.

점심 먹기에는 좀 이른 시간이지만 아예 식당에 들러 점심도 먹기로 했다. 들어간 식당은 쇠소깍 펜션 겸 식당인데 올 초 벗들하고

그곳에 가면 **행복**이 흐른다

제주여행 중에 우연히 들어와서 다들 너무 맛있게 먹어 답례로 도화지에 글을 써 주었던 곳이다. 오늘 들어와 보니 우리가 먹었던 그 자리 바로 옆 기둥 맨 위에 도화지가 보기 좋게 붙어 있었다. 무척 반가웠다.

♡우연한 만남*****
♡첫맛에 반했습니다.*****
♡더욱 번창하셔서*****
♡행복을 전해 주세요.*****

2018년 새해/힐링 스토리

별 다섯을 주었던 맛집인데 축복을 해 주어서 그런지 식사를 마치고 계산을 하니 주인장께서 자기 농장에서 직접 수확했다며 한 봉투 귤을 담아 주신다. 감사하단 말씀을 드리고 또 다시 축복을 빌어 본다.

점심을 맛있게 먹고 밖으로 나오니 어느새 비가 그쳐 우비를 입지 않아도 되니 기분까지 좋아졌다.

6코스가 시작되는 쇠소깍에서 역방향으로 시작해 3년 전 자전거 제주 일주할 때 건넜던 다리로부터 남원포구까지 이어지는 5코스 완주를 위한 도전이 드디어 시작되었다.

그런데 다리를 건너 표식이 보이지 않자 스스로 판단하고 좌측으로 연결된 해변으로 내려갔는데 한참을 내려가도 표식이 보이질 않는다.

하는 수 없이 귤밭 아저씨께 길을 물어보니(이 근처에 이 분밖에 없었음) 무조건 들어오란다. 커피도 주시고 귤도 바로 따서 한 봉투 담아

주신다. 먹어 보니 새콤달콤한 게 너무 맛있다.

서울서 택배로 시켜서 먹어 보던 그런 맛이 아니고 새콤한 게 더 하지도 않고 달콤한 게 덜하지도 않고 맛의 조화가 어찌나 절묘한지 입맛을 사로잡는다. 서울 목동에 사시는 분으로 6년 전 이 귤밭을 사 귀농을 했는데 10kg에 25,000원이란다.

대접을 잘 받고 다시 원점으로 돌아와 남원 쪽으로 이어진 넓은 길을 따라 약 500m 정도 올라가니 드디어 해안으로 들어가는 올레 표지판이 보인다.

걷기 하는 중에 들어서 안 사실이지만 역방향으로 걷기보다는 정방향으로 걷는 게 표식을 보기에 훨씬 유리하단다. 직접 걸어 보니 답사를 하여 길을 안다면 상관없지만 초행길이라면 그렇게 걷는 게 좋다는 생각이 든다.

그러나 모든 인생길에 정답이 없듯 그 역시 정답은 아니다. 역방향의 묘미도 있을 테니.

귤밭을 사이에 두고 좁은 사잇길을 걷는데 흐린 날씨 때문인지 멋스러움이 한결 운치를 더한다.

해안선을 따라 이어진 길을 따라 걷다가 또 잘못 들어 제주 동백수목원에 왔는데 조각을 한 듯 둥그런 원 모양의 동백꽃이 흐드러지게 피어 환상이다. 임시 주차장 시설이 한창인 것을 보니 곧 축제가 있음을 알리는 듯하다.

동백수목원을 빠져나와 길을 물어보려고 해도 사람도 없으려니와 있어도 대부분 여행자들이라 올레길에 대해 모른다.

하는 수 없이 일단은 예전에 자전거 제주 일주 할 때 했던 방법대로 해안길로 무작정 내려갔다. 한참을 내려가니 주민센터도 나오고

그곳에 가면 *제주*이 흐른다

문은 닫혔지만 팔각정 카페가 나오면서 표식이 보이기 시작했다.

표식을 따라 해변길을 걷는데 곧 숲 터널을 이룬 예쁜 길이 보이고 숲 사이로 보이는 바다의 풍경이 참 아름답다. 강태공들은 갯바위에서 대어를 꿈꾸며 낚시 삼매경에 빠져 있고 저 멀리 그림 같은 금호 리조트의 모습이 보이자 안심이 됐다.

금호리조트에서 부터 코코몽에 이르는 숲 터널을 지나는데 한반도 모양의 숲 터널이 신기하고 해안 경치와 어울려 환상의 풍광을 선사한다.

숲속을 빠져나와 자전거 전용도로와 겹치는 해안길을 따라 십여 분을 더 걸어서 오늘의 목적지 남원포구에 도착했다.

첫 코스, 첫 도전 13,4㎞를 4시간 반 만에 완주를 하고 나니 오! 이 기쁨. 오! 이 뿌듯함. 시작이 반이라는 말처럼 벌써 절반의 완주를 하기라도 한 것처럼 기쁘기도 하고 성취감이 넘친다.

서귀포 올레시장

이틀 연속 3만 보 이상을 걸었더니 장딴지 근육이 단단해진 것 같은 느낌이 든다. 호랑이 크림으로 무릎 마사지를 하고 오늘 하루는 뒹굴뒹굴 하면서 푹 쉬었더니 한결 기분이 좋다.

서울은 많이 춥다지만 이곳은 낮 기온 10도 정도로 나들이하기엔 아주 딱이다. 오늘은 걷기를 쉬고 근처에 있는 서귀포 올레시장 투어를 했다. 회를 파는 곳에서는 비릿한 냄새가 나고 식당 직원들은 지금이 방어 철이라면서 호객을 한다. 회를 좋아했다면 한 접시 사 먹었을 텐데…. 줄 서서 기다리는 사람들만 구경하고 그냥 지나쳤다.

이 올레시장도 규모가 상당히 크고 공항 근처 동문시장처럼 유명한지 많은 사람들이 북적이는데 역시 먹거리가 있는 곳이 인기가 많다.

또 전문 식당들이 밀집해 있는 아랑조을 거리도 있고 이중섭 미술관을 중심으로 문화거리도 있고 올레 7코스도 있어서 볼거리, 체험거리가 다양한 느낌이 든다.

근처에 저렴한 식당들이 많아서 점심은 걷는 곳에서 사 먹고 저녁은 호텔 근처 식당에서 사 먹고 있는데 하루 평균 5만 원 정도의 저예산으로 버티다 보니 요즈음 유행하는 짠내 투어를 하는 셈이 되어 버렸다. 물론 함께하는 사람이 있다면 이렇게만은 할 수 없을 것이다.

그곳에 가면 *행복*이 흐른다

제주 캠프

어제는 토요 걷기가 있어서 서울에 잠시 다녀왔다. 허리 통증과 무릎의 퇴행성 초기 진행으로 치료받던 병원 주치의의 추천으로 벌써 4년째 건강을 위한 토요 걷기 모임을 하고 있다.

처음에는 두세 명이 모여 건강한 삶과 행복한 삶을 주제로 시작했는데 요즈음은 매주 토요일마다 20~30명 정도가 모여서 서울 중심의 숲길을 걷고 있다.

그렇게 하다 보니 고질적이던 허리 통증도 완전히 가셨고 무엇보다 감사한 것은 해마다 감기몸살로 여러 차례 고생을 했었는데, 주치의의 추천으로 걷기를 시작한 후 감기 한번 걸리지 않는 건강 체질로 바뀌었다는 것이다.

그래서 이렇게 매주 만나 함께 걸으며 건강 전도사가 되었고 이제는 다들 반가운 친구들이 되었다. 안 보면 보고 싶은 그런 친구 말이다. 제주 한 달 살이 중에도 짬을 내 서울로 올라갈 정도로 정이 많이 들었다.

토요 걷기를 마치고 다시 내려왔다. 내려올 때 계획했던 곶자왈 탐방이나 한라산 등산, 한라산 둘레길은 잠시 접고 올레에 집중하기로 계획을 수정하였다.

하루에 한 코스씩 완주하는 것으로 목표를 정했는데 그 이유는 3년 전 돈키호테식 모험을 해 봤던 기억 때문이다. 청소년 시절 친구들과 통일로를 달리며 하이킹을 즐겼던 이후 오랫동안 접하지 않았던 자전거로 제주(해안 둘레 240㎞) 일주를 4일에 걸쳐 전 구간 완주를 했던 경험을 살려 보기로 한 것이다.

지금 생각해도 좀 무모한 도전이었는데 다시 벗들과 함께 도전하고픈 욕망이 생겼다. 특히 자전거 제주 일주는 많은 부분 걷기와 동선이 겹쳐 제주 올레를 자연스럽게 간접 체험할 수 있었다.

이번 제주 한 달 살이 체험 프로젝트를 통해 직접 걸어 보는 계획을 세워 첫 번째로 5코스 완주도 마쳤으니 이제부터는 올레 걷기 완주에 집중해 보자.

우연의 일치일까! 제주 올레 여행자 센터가 마침 숙소 근처에 있어서 이번 주 수요일 방문하여 올레 전 구간이 기록된 제주 올레 가이드북과 올레 패스포트를 구입하려고 한다.

또한 서귀포 여행자 센터에서는 숙소(게스트하우스 1인실, 2인실, 6~8인실 구비)와 레스토랑 등 여행자를 위한 편의시설뿐 아니라 초행자를 위한 전문 가이드도 있어서 안내를 받을 수 있어서 좋은 것 같다.

이번 한 달간의 제주 체험을 마치고 나면 벗들과도 함께 걸어 보고 싶은 꿈이 생겼고 26개 전 코스 완주를 위한 목표도 생겼으니 시작부터 커다란 성과를 거둔 셈이다. 시작이 반이라는 말처럼 말이다.

새연교와 새섬

일상을 여행처럼 설레임으로
여행을 일상처럼 자유로움으로

내년도 여행 슬로건으로 잡아 봤다.

비현실의 꿈을 현실로 바꾸는 꿈의 휴식처인 제주 여행이 2주차를 맞이했다. 이곳의 삶은 느긋하고 여유가 있으며 친밀감이 넘친다.

해안선을 따라 신이 빚은 대자연은 너무나 아름답다. 이 아름다운 절경에 감탄하며 걷는 제주 올레는 한없는 평화와 자유로움을 느끼게 한다.

오늘은 숙소에서 가까운 서귀포항이 있는 새연교와 새섬을 찾았다. 예전에도 천지연 폭포를 비롯해서 여러 번 찾은 곳인데 오늘 오후 흰 구름이 많이 낀 하늘 풍경이 예사롭지 않다.

특히 제주의 날씨는 갑자기 변하며 몽환적인 풍광이 연출되기도 하는데 뭉게구름 사이로 먹구름이 생기더니 넘어가는 노을 사이를 뚫고 빨간 빛을 뿌려 대는 풍광은 그야말로 환상이다. 이곳만의 특별한 매력이 아닌가 생각해 본다.

그곳에 가면 행복이 흐른다

올레 6코스

　새벽에 일어나 밖을 보니 어두운 밤하늘에 먹구름이 가득하다. 어제도 흐린 날씨와 하늘을 덮은 구름이 갑자기 먹구름으로 바뀌며 흩뿌리던 빗줄기가 아름다운 해변과 어울려 멋진 풍경을 연출했었다.

　새벽기도를 마치고 하늘을 바라보니 먹구름이 물러가고 파란 햇살이 흰 구름 사이로 예쁜 모습을 드러냈다.

　오늘의 일정은 제주 올레 여행자 센터에 들러 패스포트와 가이드북을 구입하고 6코스를 걷기로 되어 있다. 특히 6코스는 서귀포 시내를 관통하여 서귀포 올레시장 이중섭 미술관과 문화거리, 정방폭포 소천지를 비롯한 유명 관광지가 밀집되어 볼거리가 풍부한 곳으로도 유명하다.

해안길의 아름
다운 풍광에 매
료되어 걷다 보
니 왠지 모를 황
홀함과 쓸쓸함이
교차된다.

이럴 때 쓸쓸
함을 달래줄 마
법 같은 카페가
눈에 띈다. 트렌
디한 카페에서
커다란 창으로
바라보는 실내
뷰도 아름답지만
넓은 테라스에서
갯바위에 부딪쳐
부서지는 하얀
포말을 바라보며
마시는 한 잔의
커피는 도심에서
마시는 맛과는

비교할 수 없이 좋다. 혀끝으로 느끼는 커피의 감미로움이란…. 풍
요로 입 안을 가득 채운다.

올레 7코스

어제 6코스 4만 보 걷기에 이어 오늘은 올레 7코스 완주로 3만 보를 걸었다.

초반 오름을 만나 쉽게 올라갔지만 가파른 계단을 내려오고 나니 어제의 후유증인 듯 다리가 후들거린다. 이제 1시간 남짓 걸었을 뿐인데 발걸음이 무겁다. 그렇지만 내 글을 읽어 줄 힐링 독자들의 응원에 힘입어 용기를 내어 걸어 본다.

왼쪽 편으로 끝없는 바다가 펼쳐졌지만 깎아지른 듯 기기묘묘한 주상절리의 아름다움도 선녀탕의 비경도 신비스러운 오돌개의 멋진 풍광도 무거운 발걸음의 청량제가 되지는 못했다. 이럴 때 동화 속 마을 같은 멋진 카페라도 짠 하며 나타나 주면 좋을 텐데 오히려 며칠째 잔잔하던 바람이 마녀의 심술인 양 거세게 불어온다.

외돌개를 지나 조금 더 내려가니 한폭의 그림 같은 정말 멋진 카페가 나타났다. 넓은 정원은 각종 조각품으로 장식되어 있고 유럽풍 인테리어의 실내장식과 앞바다를 훤히 볼 수 있는 실내 뷰는 상상 그 이상이다.

아메리카노 5천 원. 커피값이 전혀 아깝지 않다고 느껴보기는 이번이 처음이다. 마음을 어루만지는 잔잔한 음악을 들으며 마시는 한 잔의 커피가 오늘따라 보약으로 느껴진다.

한 30분을 쉬면서 커피를 마시고 걷기를 시작했는데 마법의 커피를 마신 것인가! 발걸음이 가볍다.

한참을 표식을 보면서 가는데 이번에도 길을 벗어났다. 본부에 전화를 걸어 안내를 받고 뒤돌아 6분을 가서야 눈앞에 표식이 보인다. 앞쪽에 60대로 보이는 부부가 걷기에 인사를 하고 앞으로 나아갔다.

강정마을을 못 미쳐 해물라면을 파는 가게가 있어 점심을 먹을 겸 해물라면을 시켰는데 조금 전 만났던 부부도 배가 고픈 듯 식당으로 들어왔다.

몇 마디 나누다 보니 어제 6코스 걸을 때 나를 봤다며 반갑게 인사를 했다. 이런저런 얘기를 하는데 수서에 살고 있으며 대학에서 정년퇴임하였고 부인도 올 1월에 퇴임을 하여 시간이 많아 올레를 걷고 있으며 서울에선 부인과 스포츠 댄스를 배우는데 너무 재미있단다.

그러고는 처음 본 내 밥값을 내주는 게 아닌가! 감사하단 말씀을 드리고 갈 길이 멀어 헤어졌다. 조금 가다가 보니 앞에 또 한 사람이 홀로 걸어가는데 인사를 건넸더니 그 사람도 반갑게 답례를 한다. 이런저런 이야기를 주고받으며 걸으니 발걸음도 가볍다.

그 사람도 한 달 정도 휴가가 있어서 이곳에 내려와 걷기를 하고 있으며 오늘은 7코스 완주가 목표이고 시간이 남는다면 8코스 주상절리까지 더 가겠단다. 앞으로 8~10코스만 걸으면 전체를 완주한단다. 대단한 사람과 함께 걷는다는 게 기분 좋았다.

강정에 다다랐을 즈음 앞에서 세 여자분이 오는데 그 사람에게 선생님하며 반갑게 인사를 건네는 게 아닌가. "어쩐 일이에요?" 하니 안식월을 맞이해 제주에 내려와 올레를 걷는 중이라고 하면서 반갑게 인사를 하고 그 여자분들과 헤어졌다.

그곳에 가면 **행복**이 흐른다

내가 이렇게 장황하게 설명을 하는 이유는 이렇다.

그 남자분은 자기는 현재 세브란스 병원의 의사이고 반갑게 인사를 나눈 여자분도 세브란스 병원의 의사동료라고 했다. 또 가운데 있던 키가 조그마한 여자는 올레를 최초로 만든 서명숙 씨라고 했다. 미리 알았더라면 얼마나 좋았을까. 이렇게 멋진 올레를 만든 분과 사진이라도 찍을걸 하는 아쉬움으로 발걸음을 목적지로 향한다.

오늘 걷기를 좋아하는 친구를 길에서 만났다. 친구가 되어 이런 이야기를 하며 걷다 보니 벌써 7코스 끝. 아직도 걸을 힘이 남아 있다는 게 신기했다. 오래 걷고 싶으면 친구와 걸으라는 말이 틀린 말이 아닌 게 분명하다.

그 친구는 올레의 여러 유익한 정보를 아낌없이 주고는 다시 길을 나선다. 만남은 하늘의 인연, 관계는 사람의 노력이란 말을 되새겨 본다.

올레 7-1코스

　오늘은 비교적 짧은(약 15㎞) 7-1코스를 걷기에 느긋한 마음으로 출발을 했다. 오늘의 일정을 살펴보니 한라산을 오른쪽으로 끼고 오름 중 하나인 고근산의 하논 분화구 두 개를 돌다가 내려와 서귀포 시외버스 터미널에서 끝나는 코스로 되어 있다.

　여행자 센터에 들러 좀 더 자세히 알아보고 주택가 골목길의 표식을 보며 걷기를 시작했지만 첫 골목 사거리부터 표식이 보이질 않는다.

　역방향이라 그런가 생각하고 이 골목 저 골목을 돌다가 정방향으로 돌 요량으로 서귀포 시외버스 터미널로 가려고 버스 정류장으로 가는데 바람에 나부끼는 표식 리본이 보이는 게 아닌가!

　반갑기도 하고 못마땅하기도 하고 일단은 시외버스 터미널 가는 걸 포기하고 원래대로 역방향으로 걷기를 시작했지만 얼마 못 가 또 헤매기 시작. 몇 번이나 본부에 전화를 해 길 안내를 받고 뒤돌아서서 시작점을 찾는데 초행길 걷기는 정말 어렵다는 걸 또 한 번 느꼈다.

　공원을 빠져나와 30분을 채 못 가서 또 길을 잃어버렸는데 예쁜 레스토랑이 보였다. 얼마나 반가운지 들어가 주문하려고 하니 이게 웬걸 주인이 안 보인다.

　초반에 지쳐버린 나. 밖으로 나와 테라스에 앉아 휴식을 취하며 간식을 먹고 있는데 그때서야 안에서 소리가 난다. 들어갈 힘이 없어 그냥 퍼질러 앉아 쉬다가 점심시간이 다 된지라 들어가 메뉴를 보니 메뉴는 단 두 가지. 제육볶음과 커피 혹은 고등어구이와 커피. 도시락을 콘셉트로 커피를 묶음 패키지로 판매하고 있었다.

일반인 대상으로 영업을 하기보다는 특히 기독교인을 대상으로 하는 전문식당이었다.

제육복음 세트를 시켰는데 조금 전 간식을 먹었는지라 절반밖에 먹지 못했지만 오히려 구수한 차와 커피를 맛있게 마시며 주인장과 이야기를 나누었다.

안양에서 살다가 3년 전 이곳으로 내려와 이곳을 10년 임대해 인테리어 전문가인 남편이 1년에 걸쳐 이렇게 멋지게 꾸몄단다. 외진 곳이지만 의외로 단골들이 많단다.

이야기를 나누다 보니 벌써 1시 반. 서둘러 나와 표식을 찾아 한참을 되돌아가니 주황색 화살표가 보인다. 아까는 못 보고 지나친 게야! 덕분에 잘 쉬었다. 굽이굽이 길을 지나 끝없이 올라가는데 땀도 나지만 오른편으로는 구름에 휩싸인 한라산이 많은 위로가 되었다.

좁은 숲길을 빠져나오니 큰길이 나왔다. 대로변을 따라 원만한 오르막길을 끝없이 올라가니 숨은 헉헉거리지만 제법 운동은 되었다.

그런데 산 넘어 산이라더니 남산보다 좀 더 높은 400m급의 고근산 오름을 만난 것이다. 밝은 대낮인데도 불구하고 우거진 숲속은 어두운 느낌이고 숲길의 수없이 파헤쳐진 짐승의 발자국들을 보니 나도 모르게 발걸음이 빨라졌다. 정상까지 단숨에 올랐다. 오메 힘든 것.

그렇지만 정상에서 바라보는 한라산의 풍경은 너무나 아름답고 정상 부근에 쌓인 눈이 운무와 어울려 한 폭의 풍경화를 연출했다.

시간을 보니 4시가 가까워진다. 잃어버린 표식을 뒤로하고 오늘 내가 건방지게 새로운 올레를 개척해 보자 하고 월드컵 경기장을 바라보며 하산을 서둘렀다.

오메 가파른 계단이 왜 이리 많은 게야! 야! 인마 높으니까 당연한 거 아냐! 500계단은 넘는가 봐! 그래도 목적지가 보이니 그대로 전진. 예전에 묵었던 원 스카이 호텔도 지나니 감회가 새롭고 예전의 추억도 소환되었다.

그곳에 가면 *계곡*이 흐른다

특별한 날, 올레 8~9코스

오늘은 내 생애 아주 특별한 날이 되어 버렸다.

8코스(약 20㎞)를 목표로 출발지가 있는 월평 아왜낭목을 가기 위해 숙소 근처에서 버스를 탔는데 어제 9시도 되기 전에 잠들어 푹 자고 나서인지 컨디션이 상당히 좋았다.

그러나 출발하고 얼마간은 몸이 풀리지 않아 발걸음이 무겁다. 아마도 몸의 리듬상 아침에는 약간의 몸을 푸는 시간이 필요한가 보다. 차가 시동을 켜고 워밍업을 하듯이 말이다. 30분 정도가 지나자 발걸음도 가벼워지고 걸음도 빨라짐을 느낄 수 있었다.

주상절리, 아프리카 박물관, 천제연 폭포, 색달해변이 있는 중문 관광단지를 거쳐 대평포고까지 끝없이 이어지는 해안길을 따라 걷기를 4시간. 목적지에 왔다.

현재 시각 오후 2시 10분. 생각보다 1시간 정도 빨리 도착했는데 아마 표식을 잃지 않고 헤매질 않았기 때문일 것이다.

도착해서 스탬프를 찍고 다음 9코스를 보니 비교적 짧은(7.8㎞) 코스가 눈에 들어왔다. 9코스는 오름으로 시작되기에 망설였지만(겨울에는 해가 일찍 지기에 3시 이후엔 접근 금지) 성경의 말씀이 생각이 났다.

모세 시대에 모세를 따라 출애굽한 이스라엘 백성들이 광야 생활을 하는데 하늘에서 날마다 만나가 내렸다. 안식일만 빼고. 사람들은 날마다 일용할 양식을 얻기 위해 매일 들에 나가 하루 치만큼만 만나를 채취할 수 있었다. 많이 거둔 자도 남음이 없고 적게 거둔 자도 부족함이 없었다. 그러나 안식일 전에는 하루의 배를 채취할 수 있도록 허락되었다. 그리고 안식일엔 아무 일도 하지 않은 채 전날 채취한 만나를 먹으며 즐길 수가 있었다.

성경의 말씀처럼 오늘 두 배로 걷고 예배드리며 쉬자고 마음먹으니 힘이 났다. 앞에 보이는 산방산 높이의 월라봉 오름을 약 30분 만에 올라갔다. 역시 올라가는 건 잘하는 것 같다.

정상에 올라가니 넓은 분지도 있고 배추를 작목하는 꽤 넓은 밭이 여러 개 있다는 게 매우 신기했다. 정상에서 거의 1시간 반 정도를 빙 둘러서 도는데 이렇게 좋을 수가. 짜릿함을 넘어 무아의 지경에 이른 느낌이 든다.

왜 사람들이 제주 올레에 열광을 할까? 울창한 숲길이 있고, 해변의 숲길이 있고, 높이가 원만한 오름도 있고, 높이가 높은 오름도 있고, 해변길도 있고, 한라산처럼 높은 산도 있고, 푸르디푸른 옥색 빛깔 바다와 바다와 맞닿은 푸른 하늘과 두둥실 떠있는 흰 구름 사이로 비추는 빛의 향연은 오! 꿈같이 아름다운 제주여!

파노라마처럼 펼쳐지는 아름다운 풍경에 매료되고 하루에 약 20㎞, 3만 보 정도 걷는 그런 짜릿함 때문이 아닌가 생각해 본다. 올레 9코스 짜릿함을 넘어 무아지경으로 강력 추천한다.

9코스의 목적지. 지난여름 제주 여행 때 와서 물놀이했던 곳 화순 금모래해변. 벗들과 함께했던 아름다운 추억이 소환된 날. 3시간 반 만에 목적지에 도착. 오늘 총 걸은 거리, 28㎞를 걷다니 인간의 한계는 어디까지인가?

올레 10코스

　오늘은 오름과 곶자왈 그리고 산방산 둘레길과 송학산을 넘어가서 모슬포까지 약 18㎞를 걷는 구간으로 5시간을 목표로 화순 금모래해변에서부터 시작하였다.

　숙소로부터 버스로 1시간 거리에 있는 인덕농협에 내려 10여 분을 걸어 출발지인 화순 금모래해변에 도착하니 캠핑촌에는 비박을 하는 사람들이 텐트를 정리하는 모습이 보였다.

　'아! 이런 겨울에도 비박을 하며 올레를 걷는 사람들이 있구나!' 생각하면서 한편으로는 안쓰럽기도 하고 한편으로는 부럽다 생각하며 걸음을 재촉하였다.

　그러나 오늘도 역시나 오름을 지나 한참을 걷다 보니 '약 오르지롱~' 표식이 보이질 않는다. 지나가는 아주머니에게 물어보니 제주 사람은 올레를 잘 걷지 않아서 올레가 어디에 있는지 모른단다.

　본부에 또 전화를 걸어 안내를 받고 5분여를 가니 농로 쪽으로 들어가는 표식이 보인다. 이제는 표식을 잃어버리는 걸 여러 번 겪다 보니 '안 약 오르지롱~'.

　그런데 오늘은 바람이 장난이 아니다. 풍속계를 보니 거의 태풍에 육박하는 대단한 바람이 분다. 걸어가는 몸이 마구마구 흔들리지만 흐르는 땀을 식혀 주는 역할도 했다.

　산방산 둘레길과 추사 김정희 선생 유배길을 지나니 해변 마을이 보이고 편의점도 눈에 들어왔다. 잠시 쉬면서 커피를 마실 요량으로 편의점에 들어와 커피를 마시는데 오늘따라 라면도 먹고 싶어졌다. 아직 점심시간이 아니지만 몸이 원하는 대로 컵라면을 사 물을 붓고 기다리고 있는데 6코스 걸을 때 봤던 사람이 엄청 큰 배낭을 메고 들어오는데 한눈에 딱 알아봤다. 지금까지 그렇게 큰 배낭을 메고 가는 사람을 본 적이 없기 때문일 것이다.

가볍게 인사를 하니 그 사람도 나를 봤다면서 반가워했다. 부산에서 왔다는 그 사람은 먼저 올레 완주를 한 후배가 하도 좋다고 자랑을 해서 얼마나 좋은지 확인하러 왔는데 다양한 패턴의 길이 있는 올레에 푹 빠졌다면서 한 달을 작정하고 1코스부터 시작을 해 끝나는 곳에서 텐트를 치고 비박을 하면서 매일 한 코스씩 걷는단다.

등산하는 것과 사진 찍는 걸 좋아해 히말라야도 한 달간 다녀왔단다. 이번 주말에는 산악회에서 한라산을 등산하는데 사진 담당이라 카메라 장비를 배낭에 넣고 와서 더 무겁단다. 무게를 물어보니 무려 55kg이나 나간단다. 내 체중보다 더 나가는 배낭을 멘 모습이 너무 우스워 나도 모르게 웃음이 빵 터졌다. 함께 웃고 나니 금방 친해졌다. 오늘도 길에서 만난 소중한 인연과 말벗이 되어 길을 걸으니 발걸음도 가볍다.

거센 바람에 난 이리저리 흔들리는데 그 사람은 육중한 체중에 배낭 55kg까지 더하니 끄떡 없이 잘도 걷는다. 나도 아내의 말처럼 배낭에 벽돌을 넣고 갈까? 아내의 농담을 생각하며 웃음 짓는다.

서귀포 지역을 벗어나 제주시에 들어서니 농로의 풍경이 달라졌다. 서귀포 지역은 대부분 집집마다 귤 농사를 하는 반면 제주시 지역은 주로 밭농사를 하고 있었다. 감자, 브로콜리, 콜라비, 무, 양배

추, 대파, 마늘, 당근 등등 가까이에 산이 없이 넓은 지역에서 재배되는데 지금이 수확 철인지 감자밭에서 수북이 쌓인 감자를 여러 사람들이 박스에 담고 있었다.

농로의 밭을 지나며 난생 처음으로 브로콜리나 콜라비 등이 어떻게 자라는지 신기하게 쳐다보고 브로콜리 수확하는 밭에 들어가 사진도 찍었다.

그런데 넓은 무밭이 파헤쳐져 많은 무가 널브러져 있다. 브로콜리를 수확하는 아주머니에게 물어봤다. 상품성이 떨어지고 가격이 폭락해서 인건비도 건질 수 없어 저렇게 했다는 말을 들으니 너무 속상했다. 자식을 키우는 마음으로 애지중지 키웠을 터인데….

농부의 마음이 찢어질 듯 무척이나 괴롭겠다는 생각이 들어 마음이 무거웠고 서울에 올라가면 작물을 재배하는 농부들의 수고와 땀, 어려움을 생각하고 좋은 소비를 해야겠다고 다짐을 해 본다.

아직 철이 아닌데도 날씨가 따뜻해서 그런지 넓은 유채밭에 노란 유채꽃이 활짝 피어 장관을 연출했다. 길가에도 이름을 알 수 없는 야생화가 꽃길을 만들고 지저귀는 새소리, 바람소리를 들으며 제주에 정들고 올레에 정들어 버렸다.

5시간을 목표로 걸었는데 바람의 영향인 듯 거의 6시간을 걸어서 목적지에 도착해 스탬프를 찍고 말동무와 늦은 점심을 먹었다.

그곳에 가면 행복이 흐른다

올레 IO-I코스, 가파도

어제 태풍급 바람으로 운항이 중단되었던 가파도 여행이 궁금했다. 새벽에 일어나 하늘을 보니 구름이 많이 낀 흐린 날씨인데 나뭇가지의 흔들림이 없는 것으로 보아 바람은 잔잔한 게 괜찮아 보였다.

평소처럼 아침식사를 맛있게 먹었다. 아무래도 내 건강의 원천이 잘 먹는 아침식사가 아닌가 생각하며 고개를 들어 창밖을 보니 한라산이 지난밤에 눈이 많이 왔는지 흰 눈으로 덮여 장관이다. 덩달아 기분도 좋아진다.

가파도로 정기 운항하는 운진항 여객터미널에 전화를 하니 오늘은 정상 운항한단다.

채비를 갖추고 설레는 마음으로 숙소를 나서는데 오늘도 길 위에서 펼쳐질 나만의 인생극장이지만 성원해 주시는 힐링 님들과 함께 길을 나선다.

1시간을 버스로 달려 모슬포에 내려 운진항으로 가는데 어제의 바람은 어디로 갔을까? 하나님의 손은 얼마나 크신 걸까? 그렇게 불어 대던 거칠어진 성난 바람을 양떼를 몰고 가는 목동과 같이 바람 창고에 간단히 모아들이시다니! 잔잔한 바람이 햇살과 어우러져 반갑게 환영해 준다.

승선카드를 작성하고 오전 11시 출항하는 여객선에 올라 사방을
바라보니 따사로운 햇살도 끼룩끼룩 울어대는 갈매기도 저마다 웃
음 짓는 사람들과 기쁨을 공유한다는 게 좋았다.

눈 깜짝할 사이에 가파도 항에 도착해서 길 표식을 따라 길을 걷
는데 관광객이 상당히 많다. 대부분 관광이 주목적이고 나처럼 올
레를 걷는 사람은 극히 드물다.

가파도 하면 4월 15일부터 5월 15일까지 한 달간 펼쳐지는 청보리
축제로 유명한데 씨를 뿌린 지 얼마 안 된 듯 파란 새싹이 귀엽다.
드넓은 밭에 푸릇푸릇한 새싹들이 겨울을 지내고 나면 수많은 관
광객을 유혹할 게 뻔해 보인다.

그런데 이런 볼거리만 있는 것이 아니다. 섬 전체를 해안선을 따라
빙 돌아도 1시간 정도면 다 걸을 수 있는 작은 섬이지만 작은 고추
가 맵다는 말처럼 곳곳에 펼쳐진 절경으로 걸음은 늦춰지기만 하고
마냥 걸을 수만은 없었다.

바다 건너 저 멀리 구름에 휩싸인 한라산과 마주하고 있지만 우
리나라에서 가장 높은 산 한라산과 대조되듯 우리나라 섬 중에 가장

낮은 섬, 겸손한 섬답게 아름다운 자연을 마음껏 내어준다.

돌담을 지나 농로로 들어서면 모슬포항, 산방산, 송악산, 한라산까지 두둥실 떠 있는 뭉게구름을 뒷배경으로 펼쳐지는 풍광은 금수강산이란 말이 얼마나 적절한 표현인지 알게 한다. 조물주에 대한 경외심이 절로 생긴다.

전망대에 올라(그래 봤자 서너 발짝 높이의 낮은 전망대지만) '건강한 삶, 행복한 삶, 힐링 스토리 최고'라고 소원의 글을 적어 나만의 공간에 작품을 전시하듯 정성을 담아 매달아 본다.

오늘은 그동안 3만 보 이상 6시간 정도의 걷기와는 비교되지 않는 1/3 정도의 적은 걸음 수라고 얕봐선 안 된다. 오늘 가파도에서 느꼈던 감동은 평생 잊히지 않는 커다란 추억장에 당당히 기록되어 힐링 님들과 꿈을 키울 것이기 때문이다.

올레 11코스

요즈음 기분 좋은 여행을 해서인지는 모르겠지만 지난밤 어제와 똑같이 설레는 꿈에서 깨어났다.

어제 가파도의 여행이 제주도 방언으로 쉬멍, 놀멍, 걸으멍, 하며 유유자적 힐링을 했다면 오늘은 평균 거리인 약 18㎞를 걷는다.

출발점인 모슬포가 숙소에서 1시간 이상 걸리는 점을 감안해 서둘러 식사를 하고 출발을 하였다. 마침 30~40분 간격의 버스가 바로 도착을 해 기분 좋게 탑승을 하였다.

버스에 오르니 긴장이 풀렸는지 식곤증이 몰려오는데 졸음을 참을 수가 없어 잠깐이지만 꿀잠을 잤다.

모슬포에 도착해 이틀 동안 함께 길동무를 했던(보기만 해도 웃음이 빵 터지는 유쾌한 사나이) 커다란 배낭의 부산 친구도 내가 소개해 준 게스트하우스에서 모처럼 꿀잠을 자고 아침을 맛있게 먹었노라고 감사 인사를 건넸다.

모슬포에는 지금 방어 축제가 한창인 듯 아침인데도 축제 거리에 활기가 넘쳤다. 회를 좋아하는 사람이라면 참새가 방앗간을 그냥 못 지나가듯이 한 접시라도 먹고 갈 텐데 하며 나는 그냥 지나친다.

오늘의 올레 일정표를 보니 모슬포 마을을 한 바퀴 돌아 모슬봉에 올라 동서남북 확 터진 경치를 감상하고 내려와 곶자왈을 걷고 끝나는 5~6시간 코스로 되어 있었다.

그곳에 가면 *행복*이 흐른다

해안을 끼고 돌다가 마을로 진입해 모슬봉으로 올라가는데 군데 군데 무덤들이 많이 보인다. 알고 보니 이곳이 현재 공동묘지로 활용되고 있단다.

정상부에는 중간 스탬프 찍는 곳이 있고 수많은 무덤을 끼고 억새가 춤을 추며 장관을 이루고 있다. 탁 트인 전경이지만 약간은 아쉽게도 한라산은 운무에 덮여 보이질 않는다.

정상에서 내려와 마을길을 걷는데 가로수로 심어 놓은 동백나무의 꽃이 흐드러지게 피어 우리를 반겨 준다. 향기가 어찌나 진하던지 코를 가까이 대고 연신 킁킁 거리는데 벌들도 윙윙대며 꿀 따기에 여념이 없다.

내가 들어 알기로는 동백꽃은 꽃대에서 꽃봉우리째 툭 떨어진다는데 이곳의 동백꽃은 종류가 다른지 색깔도 연분홍이고 꽃잎이 한 잎 한 잎씩 떨어져서 빨간 꽃길을 만들어 놓았다. 검은색 아스팔트를 화판으로 삼아 바람 붓으로 그린 솜씨답게 너무 멋지고 아름답다.

멋진 꽃길을 뒤로하고 한참을 걸어 농로로 들어서니 낮게 드리운 검은색 돌담에선 군데군데 야생화가 예쁘게 피어 돌담과 사이좋은 오랜 친구처럼 보인다. 나무와 대화하고 야생화와 사랑을 주고받으며 걸으니 마음속 깊은 곳에 한없는 평화, 평화가 깃든다. 쉬엄쉬엄 사색하며 걸을 수 있는 올레야말로 걷기 여행자를 위한 최고의 선물이 아닐까?

한참을 지나 마을길과 과수원길, 띄엄띄엄 있는 농장을 지나 숲길을 걷는데 2시간이 넘도록 가게 하나 보이질 않는다.

아침에 그렇게 잘 먹고 나섰는데도 산을 오르고 나니 허기가 졌지만 현재로선 편의점이 나올 때까지 마냥 걸을 수밖에는 없다.

다행히 검색을 해 보니 10여 분 뒤에 마을이 있고 보건소 옆에 편의점이 있다고 표시되어 있다. 얼마나 반가운지. 그런데 가도 가도 끝이 없다. 아마도 허기가 져서 더 길게 느껴졌을 것이다. 금강산도 식후경이라고 하는 말이 이렇게 실감이 될 줄이야….

서울에서는 (좀 과장된 표현이지만) 한 집 걸러 편의점이 있어 고마운 줄 몰랐는데 눈앞에 편의점이 보이자 얼마나 고맙던지. 들어가 간단히 요기할 먹거리를 사서 쉼터에 들어가니 편의점 아주머니가 쉼터를 어찌나 예쁘게 꾸며 놓았는지 감탄하며 시장이 반찬이라고 정말 맛있게 먹었다.

커피도 마시고 30분 정도의 쉼으로 재충전되자 또 다시 걷기를 시작했는데, 오! 세상에 이렇게 멋진 곶자왈을 만날 줄이야…. 영화에서나 보던 열대우림과 같은 숲이 나타났는데, 입이 쩍. 푸르디푸른 정글 속 숲길은 꿩들이 퍼드득 꿔어어엉 울어대고 이름 모를 산새들이 지저귀며 환영하는데 오메! 이게 우리나라 맞아? 이곳이 바로 도립공원 곶자왈을 끼고 난 무릉 곶자왈인데 1시간 이상을 밀림을 헤치며 걷는 길을 걸은 결론은 **해외에 나갈 필요 없다**는 것이었다.

이렇게 아름답고 멋진 숲길이 우리 곁에 있다는 자부심과 사실에 감사를 드린다.

곶자왈을 빠져나오니 마을이 있고 10여 분을 더 걸어 오늘의 목적지에 도착을 했다. 약 5시간 소요되었고 만보기를 보니 3만 보 걸음이 찍혔다.

우리가 연속극을 보면 다음 편이 궁금하도록 끝맺음을 해서 다음날에도 꼭 봐야 되는데 제주 올레가 그렇다. 오늘 걸어 보니 오늘 길이 최고인 것 같지만 내일 길은 어떨까? 궁금해 견딜 수가 없다. 이

그곳에 가면 *행복*이 흐른다

올레를 힐링 님들과 감탄하며 걷고 싶은 꿈이 생겼다. 그래서 틈틈이 완주를 하겠다는 목표도 생겼다. 꿈과 목표. 이번 제주 한 달 살이 최대의 수확을 거둔 셈이다.

석부작 테마공원

오늘은 새벽부터 비가 내린다. 꼭 봄비인 것같이 따뜻한 비가 내린다. 어제도 낮 최고 기온이 영상 17도였는데 오늘도 아침부터 기온이 높은지 덥다는 느낌이 든다. 겉옷을 벗고 가벼운 차림으로 길을 나선다.

제주엔 겨울에도 비가 자주 내리는 듯 이번 여행 중 벌써 세 차례나 비님과 달콤한 데이트를 즐긴다. 비를 좋아해서 그런지 여행 중 비가 내려도 짜증보단 이럴 때는 걸음을 잠시 멈추고 예쁜 카페에 들어가 창밖을 보며 마시는 커피의 향이 더 향긋하고 운치를 더한다.

오늘부터는 올레 걷기를 잠시 중단하고 우도, 에코랜드, 우도 잠수함, 그리고 제주에서만 볼 수 있는 공연 등 평소 가 보고 싶었던 곳을 여행하기로 했다.

그동안 9개 구간 170㎞를 걸으면서 올레에 푹 빠졌었는데 다음 여행 때는 1코스부터 4코스까지를 먼저 마칠 계획이다. 그럼 벌써 절반의 올레를 걷게 되는데 내년 여름에도 외국을 나가지 않고 제주에서 올레 걷기를 하고 12월 한 달간 진행될 힐링캠프를 통해 완주하는 것을 목표로 계획을 세웠다.

혼자 걸어 보니 초행길 올레 걷기는 많은 어려움이 있다는 것을 알았지만 카카오 맵이나 네이버지도를 활용하면 더 편리하게 길을 찾을 수 있다는 소중한 정보도 걷기 여행자들의 경험담을 들으면서 얻을 수 있었다. 본인들의 소중한 정보를 아낌없이 주고는 사라지는 천사처럼 말이다. 그래서 그들처럼 내가 경험했던 올레 걷기와 제주 한 달 살이 체험을 나누어 주고 싶다.

이번 9개 구간 올레 걷기를 통해 서귀포 지역을 다 마스터한 것에 큰 보람을 느낀다. 오늘은 비가 오는 관계로 걷기를 중단하고 석부 작 테마공원에서 석부작 예술품을 보며 하루를 보낸다.

섭지코지

어제는 하루 종일 따뜻한 비님과 데이트를 즐겼다면 오늘은 흐리고 구름이 많이 낀 날씨인데 다행히 춥지 않아 여행하긴 아주 좋다.

18일 이상 묵었던 호텔에서 마지막 아침을 맛있게 먹고 그동안 정들었던 영양사와 석별의 정을 나눈다. 짐을 챙겨 체크아웃을 하고 길을 나서는데 아쉬움이 많은 걸 보니 정이 많이 들었나 보다.

내일은 힐링 친구 40여 명과 덕유산 눈꽃 여행이 잡혀 있어서 서울로 올라가기 때문이다. 비행시간이 아직 많이 남아 있기에 한군데 들러서 가기로 하고 섭지코지를 찾았다.

안내소에 캐리어를 잠시 맡기고 가벼운 마음으로 길을 나서는데 괜스레 흥분이 된다. 양옆으로는 갈대가 키가 큰 군인들이 도열하듯 서 있고 갈대밭 사이로 모래밭 길이 있다. 살살 부는 바람에도 흐느적거리며 울어 대는 으악새의 슬픈 노래를 들노라니 고복수 선생의 노래가 생각났다.

길을 따라 천천히 올라가니 넓은 동산이 푸른 바다와 맞닿으며 눈앞에 펼쳐졌다. 눈과 귀, 마음을 황홀케 하는 풍광에 압도 당해 나도 모르게 감탄사가 절로 나온다. 수많은 야생화의 꽃무리도 꽃길을 만들어 길을 내어주니 여행의 기쁨은 이보다 더 좋을 순 없다.

계단을 따라 등대로 올라가는 길은 약간은 가파르지만 기암괴석으로 이어진 제주 해안길은 언제 봐도 아름답다.

지난 7코스를 걸으며 봤던 외돌개가 오늘 보니 여기에도 있다. 수수만 년 세월의 흔적을 이렇게 볼 수 있다니 이 얼마나 흥분되고 기쁜 일인가!

감탄하며 왼쪽을 바라보니 우주 정거장같이 생긴 커다란 카페가 동산 정상부에 우뚝 서 있다. 성산일출봉을 반쯤 가리고 있는 부조화가 오늘따라 더 멋지게 보이니 이게 무슨 조화란 말인가!

한참을 등대에서 주변 풍광을 감상하다가 성산일출봉을 더 자세히 보기 위해 등대에서 내려가는데 계단이 상당히 가파르다.

조심조심 줄을 잡고 내려와 해안을 따라 난 길을 걷노라니 오늘같이 흐린 날과 운무가 있는 날에는 꼭 구름 위를 산책하는 기분이 든다.

야생화와 갈대의 환영을 받으며 10여 분을 걸어가니 드디어 카페로 반쯤 가려졌던 성산일출봉의 아름다움이 자태를 눈앞에 똑바로 드러냈다. 왼편으론 넓은 목장이 있는데 울타리도 없이 말들이 한가롭게 풀을 뜯고 있다. 사람들은 무엇이 그렇게 좋은지 함박웃음을 짓고 말을 배경으로 사진을 찍는다.

　제주 생활의 아쉬움을 뒤로한 채 내일 덕유산 눈꽃 여행을 즐기기 위해 공항으로 간다. 감성이 풍성해진 마음으로….

그곳에 가면 **행복**이 흐른다

더마파크의 기마공연

서울에서 힐링 친구들과 덕유산 눈꽃 여행을 잘 마치고 다시 제주도에 내려왔다.

제주 한 달 살이 체험을 구상하면서 많은 계획을 세웠었지만 걷기를 시작하면서 올레의 매력에 빠져 거의 절반 이상을 걷기에 투자해 9개 코스 170㎞를 즐겁고 행복하게 걸었었다. 서귀포 지역을 중심으로 많은 곳을 걷고 돌아본 느낌이 든다. 이제 잠시 올레 걷기를 내년으로 미루고 제주의 여러 관광지를 다니며 한 달 체험을 마무리하려고 한다.

이번에 찾은 곳은 기마 공연으로 유명하다는 더마파크다. 우리나라 역사상 가장 위대한 인물 중 한 분인 고구려 광개토대왕의 일대기를 그린 공연이다.

넓은 실외 공연장을 말을 타고 누비는 배우들의 솜씨가 정말 대단했다. 마상에서 펼쳐지는 전쟁 이야기는 웅장했으며 양옆에서 들려오는 폭발적인 사운드는 심장을 마구 뛰게 하는 가슴 뭉클한 시간이었다.

외국에 나가 뮤지컬이나 콘서트를 보곤 하지만 가격이 상당히 높다는 느낌인데 2만 원도 채 안 되는 가격에 이런 멋진 공연을 볼 수 있다니 뜨거운 박수를 보낸다.

여미지 식물원

지난밤은 설렘으로 밤을 설쳤다. 그 이유는 신혼여행지였던 이곳 제주도지만 여미지 식물원을 가기 때문이다.

만약 당신도 1980~1990년대 결혼을 하셨다면 그 당시 최고의 여행지는 당연 제주도였을 것이다. 그때 제주도에 왔다면 당연히 들렀을 그곳, 추억의 장소인 여미지 식물원으로 가는 발걸음이 마구마구 설렌다.

그곳에 가면 행복이 흐른다

입구에 들어서자 1백 년 만에 한 번 핀다는 용설란이 큰 꽃대를 자랑하며 반갑게 맞이해 준다. 유리 건물로 세워진 식물원은 당시에는 매우 웅장하단 느낌을 받았는데 지금 보니 약간은 적어 보이는 듯하다. 아마 도시의 큰 건물을 날마다 보며 살기 때문일 것이다.

관람 표시를 따라 차례대로 관람을 하는데 화려한 꽃들이 활짝 피어 있고 희귀한 식물들도 발걸음을 멈추고 눈을 사로잡는다.

전망대에 올라가 좌우 사방을 바라보니 주변의 풍경이 변해도 너무 많이 변해 있다. 식물원 안에서 빠져나온다. 밖으로 조성해 놓은 넓은 숲길이 마음을 포근하게 해 준다.

에코랜드

새벽부터 비가 내리고 있다.

가랑비인지 이슬비인지 보슬비인지 모르겠지만 이런 일이 있었단다.

시집간 딸이 보고 싶어 친정 어머니가 딸네 집을 방문했다. 시어머니를 모시고 있었던 터라 눈치도 보이고 해서 이삼 일 머물다 가려고 했는데 뜻하지 않게 일주일을 머물게 되었단다. 그날따라 비가 내리는데 시어머니 한 말씀 "오늘따라 가랑비가 내리는군요". 불편하니 가시라는 게 아닌가. "사부인! 지금 내리는 비는 이슬비 같은데요" 하면서 하루 더 있었단다.

오늘 내리는 비가 가라는 가랑비인지 있으라는 이슬비인지 마음을 적시는 보슬비인지 모르겠지만 제주엔 비가 자주 내린다.

오늘은 버킷 리스트에 있는 에코랜드에 왔다. 3년 전 폭우가 쏟아져 제대로 보지 못했던 아쉬움 때문에 다시 찾았다. 이곳은 제주도에서 유일하게 기차가 운행되는 테마파크인데 4개의 테마역을 만들어 각 테마별로 만들어진 역에 내려 관광할 수 있도록 만들어 놓았다. 예전 모습과는 변한 게 없어 보이는데 호텔을 짓느라고 주변이 파헤쳐지고 약간은 어수선한 느낌이 겨울의 공허감 같다.

그런데 그런 것이 무엇이 문제겠는가! 1800년대 증기기관차인 볼드윈 기종을 모델화하여 영국에서 수작업으로 제작되었다는 링컨기차를 타고 30만 평 곶자왈 원시림을 체험할 수 있다는 사실만으로도 마음 설레는 낭만적인 여행이 아닌가!

다행히 에코랜드에 도착하자 비가 그치고 뭉게구름 사이로 파란 하늘이 '오늘의 여행을 행복하게 해 줄게' 약속을 하는 듯하다.

표를 끊고 출발역에 들어서니 알록달록한 예쁜 기차가 요란한 소리를 내며 들어왔다. 덜컹덜컹, 칙칙폭폭 구불구불 숲길을 달리는 기분이 참 좋다.

첫 번째 역인 에코브리지 역에서 내렸다. 2만여 평의 호수 위에 수상 데크가 설치되어 있어서 호수 위를 걷는 느낌이랄까! 약간은 움직임도 있어서 좋았다.

다음 역까지는 주변의 경치를 감상하면서 쉬엄쉬엄 여유롭게 걷는 길. 나이와는 상관없이 마냥 감탄하며 걸을 수 있다는….

그곳에 가면 **행복**이 흐른다

우도

제주 속의 작은 섬, 우도는 소가 드러누워 있는 모양이라고 해서 붙여진 이름이란다.

1697년 조선 숙종 임금 때 말을 키우는 국유 목장이 설치되면서 사람들이 살기 시작했으며 섬 전체가 용암 지대라고 한다.

제주도에서 가까워 약 10여 분이면 갈 수 있는데 삼륜차 같은 전동차와 자전거 일주를 하는 사람들이 많기에 세심한 주의가 필요하다.

아름다운 백사장과 대조를 이루는 흑사장인 검은모래사장도 볼거리다. 절벽을 따라 생겨난 기기묘묘한 풍경은 가히 일품이다. 그래서인지 여행자의 발길이 끊이질 않는다고 한다.

내일부터 풍랑주의보가 발령되어 며칠 간 출항이 금지된다고 예보가 나왔다. 제주 여행을 마무리하기 전에 들러볼 요량으로 성산항을 찾았다.

광치기 해변을 따라 버스로 이동을 하였는데 광치기 해변에서부터 성산으로 가는 길목까지 유채꽃이 만발하여 장관이다. 많은 관광객들이 다양한 포토존에서 사진 찍기에 열중이다.

지나가는 버스 안에서 바라보는 풍경도 아름다운데 지금 저 노오란 유채밭 안에서 웃고 즐기고 행복해하는 사람들은 어떨까. 보면서 덩달아 기분이 좋다.

성산항에 도착해서 신상카드를 작성하고 우도 천진항으로 들어가는 여객선에 설레는 마음으로 올랐다.

주변 경치를 보면서 갈 생각으로 3층 갑판으로 올라갔는데 갑판 위로 몰아치는 찬바람이 너무 매서운 탓에 얼른 따뜻한 선실 안으로 들어와 버렸다. 잠시 피곤한 눈을 붙일 새도 없이 우도에 도착을 했다.

우도는 사람도 많이 살기에 도로도 잘 닦여 있고 걷기 여행자 또는 자전거나 전동차가 다닐 수 있도록 섬을 두른 해안도로가 잘 닦여진 인상을 받았다.

그런데 전동 삼륜차를 운전하는 관광객들의 운전 미숙으로 사고가 많이 난다고 하니 걷기 여행자들은 양옆으로 붙어서 조심히 걸어야겠다는 생각이 든다.

지금이 겨울철 비수기인데도 전동차를 타고 다니는 관광객이 많은데 성수기 때는 오죽할까. 그때는 차라리 걷기를 피하는 게 나을 것 같기도 하다.

왼쪽을 바라보니 성산일출봉이 바다에 떠 있는 듯 그 풍광이 아름답다. 오른쪽으로는 한 달 전에 수확했다는 땅콩밭에 수많은 까마귀 떼가 날아와 먹이를 주워 먹고 있는데 그 많은 떼를 보니 놀라지 않을 수가 없다.

우도는 유별나게 바람이 세기로 유명해서 그런지 집집마다 높은 돌담이 있으며 대부분 집들이 돌담에 묻힌 듯 지붕이 낮다. 우도를 들어갈 때 땅콩이 유명하다는 정도는 듣고 왔지만 정작 우도에 와보니 가장 유명한 것은 홍조단괴 해빈 산호 해수욕장이라는 다소 긴 이름의 해수욕장이었다. 이곳은 세계에서 3곳밖에 없고 우리나라에서는 유일하게 이곳에만 있단다.

그곳에 가면 행복이 흐른다

버스 기사님이 가이드인 양 열심히 설명을 해 주시는 데 귀를 쫑긋하고 들어보니 홍조류가 바위 등에 몸을 붙이면서 살기 위해 만들어 내는 하얀 분비물과 조가비가 만들어 낸 백사장이란다.

깨알처럼 작은 알갱이부터 야구공만 한 것까지 다양했었는데 천연기념물 자연보호로 지정되기 전에 무분별하게 채취해 가는 바람에 큰 것은 없고 작은 알갱이, 곧 흰 모래만 남았단다.

이 백사장은 하얗다 못해 푸른빛을 띨 정도이며 눈이 부시도록 하얗다고 하여 서빈백사라고도 한단다. 난 지금까지 이렇게 예쁜 바다는 본 적이 없다. 사진으로만 보았을 뿐. 쪽빛 바다 푸르디푸른 쪽빛 바다가 넘실넘실 춤을 추며 환영해 준다.

바다를 등지고 안쪽을 바라보면 유명한 해변답게 커다란 가게들이 즐비하다. 가게를 넘어 뒤편으론 많은 밭이 있고 검은 돌담을 따라 겹겹이 쌓여 있는 푸른 밭들이 수채화처럼 펼쳐진다. 예술이다.

넓게 펼쳐진 푸른 밭의 수채화 사이로 파랗게 넘실대는 쪽빛 바다와 그보다 더 파란 하늘이 맞닿으며 형언할 수 없는 자연의 색깔들을 쏘아댄다.

백사장을 뒤로 하고 반대편으로 가면 검은 모래사장으로 유명한 검멀레 해수욕장이 모습을 드러냈다. 조금 전의 보던 풍광과는 반대로 모든 것이 흑색이다. 바위도 절벽도 해변의 모래도 조금 전과는 반대. 극과 극이다. 극적으로 연출되는 자연의 아름다움이 더 큰 감동으로 이어졌다.

우도봉 아래 검은 절벽을 병풍처럼 두른 듯 검은 모래사장과 짙푸른 바다가 대조를 이룬다. 고릴라 모양의 바위도 있고 썰물 때만 드러내는 동안경굴이 있는데 썰물 땐 사람들이 드나들기도 하며 축제 때는 200명 이상의 객석이 차려져 공연도 한다니 신기할 따름이다.

5시간 정도의 올레 1-1코스를 하루 만에 끝마치고 나올 수도 있지만 천천히 천천히 힐링을 위해 숙박을 하는 것을 추천한다.

오늘은 걷기를 위해 섬을 찾은 게 아니기 때문에 다음 걷기를 기약해 본다. 사랑하는 벗들과 함께….

카멜리아힐

지난주까지는 서귀포 지역을 중심으로 따뜻한 서쪽 지역 올레를 걸었다면 이번 주부터는 그 반대편인 동쪽 지역을 중심으로 여행을 하기로 하였다.

따라서 서귀포 시내에 있는 케니스토리 호텔에서 공항과 가까운 제주 신시가지에 위치해 있는 스카이 파크 호텔에 여장을 풀었다.

그런데 이곳은 중국인 듯 착각이 들 정도로 모든 언어가 중국어로 왁자지껄하다. 식당도, 주점도, 옷가게도, 마트도, 모든 게 중국어로 통용되는 차이나 타운의 느낌이 든다.

4성급 호텔답게 숙소 컨디션도 좋았으며 뭐니 뭐니 해도 조식 뷔페가 제일 마음에 든다.

아침을 든든히 먹고 찾은 곳은 겨울의 꽃 동백이 활짝 피어 있는 카멜리아 힐이다. 직역하면 동백의 언덕이란 뜻이라고 한다. 이곳은 지난여름 벗들과 함께 왔던 곳인데 그 당시 수국 축제가 약간 지나 아쉬움이 있었다.

30년 전 개인이 6만 평을 매입해 주로 세계 곳곳의 동백을 심고 가꾸어 동양 최대의 동백 수목원을 만들었다는데 대단하단 생각이 든다. 10년 전에 개장하여 올해로 10주년을 맞이했다니 축하할 일이다.

이제는 많은 관광객이 찾는 대표 명소가 되었고 특히 가을부터 이듬해 5월까지 피고 지기를 반복하는 동백의 특성상 가을과 겨울

그곳에 가면 *행복*이 흐른다

관광객도 많단다. 그리고 봄 수국 축제도 큰 볼거리라고 한다.

나는 겨울의 대표 꽃인 동백을 보기 위해 지난해 12월 초에 이어 세 번째 찾았는데 12월 말이라서 그런지 추백(가을에 피는 동백)은 거의 떨어져 아쉬움이 있다.

지난 12월 초 올레 5코스를 걷다가 길을 잘못 들어 동백 수목원에서 보았던 활짝 핀 동백꽃이 추백이었나 보다.

그러나 아쉬움도 잠시 길을 걸어 온실 쪽 뒤편으로 가니 흐드러지게 핀 동백꽃의 진한 향기를 풍기며 코끝을 자극한다. 한 잎 한 잎 떨어진 꽃길을 걷는 기분이 얼마나 좋은지. 넓은 잔디밭과 동백꽃의 조화로움은 또 어떻겠는가. 시간이 어떻게 흘러가는지 모를 꽃길 삼매경에 빠져 동백꽃과 사랑을 속삭여 본다.

지난여름 벗들과 함께 걸었던 길을 다시 걸으며 겨울에 오면 정말 멋지다고 했던 말을 떠올리며 살포시 웃어 본다.

제주 여행을 계획했다면 늦가을 혹은 겨울에 방문하길 강력히 추천한다.

총 정리

지난 한 달 동안 제주도 곳곳을 여행하면서 보냈던 제주 한 달 살이 체험을 잘 마쳤다. 이 모든 게 벗들의 성원과 기도 덕분이라는 생각이 든다.

한 달이라는 긴 시간도 짧게 느껴질 정도로 시간이 훅 지나갔으며 다양한 테마를 접할 수 있는 좋은 기회였다고 자평해 본다.

여러 번의 비가 내리긴 했지만 대체로 따뜻하고 온화한 날씨 덕분에 계획했던 것 이상 즐기면서 행복한 시간을 보낸 것 같다.

바쁘게 돌아가는 일상 속에서 잠시 벗어나 자연과 더불어 숲과 교감할 수 있었고 숲 내음에 취해 조용히 걷거나 사색할 수 있었던 게 좋은 경험이지 않았나 생각해 본다.

꿈은 이루어진다는 말처럼 이번 제주 여행을 하면서 평소 꿈꿔 오던 힐링캠프에 대한 꿈을 키우고 계획을 구체화하여 목표를 세우게 되어 매우 기쁘다. 혼자만 좋은 걸 취하는 것이 아니라 힐링 님들과 함께 공유할 그때를 말이다.

이렇게 봄과 겨울에 힐링캠프를 개최하게 된 동기는 날씨의 영향을 최대한 고려하였기 때문이다.

지난여름 벗들과 함께 제주 여러 곳을 여행해 보니 뜨거운 날씨 때문에 걷기가 힘들었으며 숲속에 들어가도 더위와 모기, 기타 벌레에 물려 어려움이 있었지 않은가! 10대 청소년들처럼 바닷속에 들어가 해수욕이라도 즐기면 좋았으련만 이것도 쉽지 않았을 것이다.

그리고 한 달 살이를 해 보니 12월은 바람이 불긴 해도 따뜻하고 온화한 기온으로 숲길 걷기와 여행하기가 오히려 좋을 것 같다.

4월달 캠프의 묘미는 이렇게 표현하고 싶다.

노란 유채꽃이 만발해 있고, 새하얀 벚꽃이 만발해 있고, 철쭉이 피기를 시작하고, 피고 지기를 반복하는 빨간 동백꽃이 남아 있고, 들판에는 푸른 청보리가 넘실거리고, 숲과 들, 자연이 선사하는 총천연색 꽃의 향연과 푸르디푸른 바다의 성스러움을 만끽할 수 있는 최고의 계절이 아닌가 생각해 본다.

12월달 캠프의 묘미는 이렇게 표현하고 싶다.

노란 유채꽃이 피기 시작하고, 겨울의 여왕 동백꽃이 만발하고, 황금색 감귤이 새콤달콤함으로 유혹하고, 수확을 하거나 앞둔 각종 채소를 볼 수 있고, 어디를 걷든 푸르름이 살아 있는 숲길이 있고 산이든 바다든 들판이든 해변이든 더위와는 상관없이 걸을 수 있기에 걷기 여행자에게는 일석삼조의 기쁨을 누릴 수 있는 최고의 계절이 아닌가 생각해 본다.

제주 한 달 살이 체험 중 꼭 해 보고 싶었던 게 있었는데 그건 잠수함 체험이었다. 여러 친구들이 제주 여행을 하면서 다녀왔던 잠수함 체험에 대한 이야기를 듣고 기대가 컸다.

그래서 제주에 가면 꼭 해 보리라 작정했는데 오늘 소원성취를 하게 되었다. 우도 잠수함을 타기 위해 산방산 근처인 선착장에 도착해서 수속을 하고 잠수함이 있는 곳까지 배로 20분 정도 이동하여 기념촬영을 하고 잠수함으로 들어가는데 되게 설렌다.

앞쪽부터 앉으라는 안내방송을 듣고 앞쪽에 자리를 잡고 둥그런

유리창으로 바닷속을 주시해 본다. 서서히 물속으로 가라앉는 모습이 신기했다. 설명하는 사람이 안내를 하던 중 깜짝 퀴즈를 낸다. 좋은 선물도 준단다.

지금 현재 잠수함의 깊이는 몇 미터일까요?

여기저기 손을 들고 외친다. 10미터, 30미터 꽝!

내가 손을 들고 "저요" 외치고 "20미터요" 하니 딩동댕! 간단히 맞추었다. 예쁘게 생긴 양초를 선물로 받았는데 기분이 좋다. 사실 알아서 맞춘 건 아니다. 대합실 설명서에 그렇게 적혀 있었다. 20미터를 내려가면 정상적인 깊이이고 30미터를 내려가면 바닥인데 각종 물고기와 화려한 산호초가 군락을 이루고 있다고 설명한 것을 본 것뿐인데 행운이다. 마지막 여행에 대한 보답인가 보다.

잠수부가 내려와 물고기를 몰고 오니 물고기들도 잠수함의 직원을 아는 양 잘도 따라다닌다. 평소 수족관에서 보던 물고기들을 바다 깊은 곳에서 보게 될 줄이야.

그런데 기대가 크면 실망도 크다고 생각했던 것보다 사진과 동영상으로 볼 때와는 다르게 산호초의 화려함도 물고기의 다양함도 별로였다는 생각이 든다. 이번 잠수함 투어는 체험했다는 의미만으로 만족해야 할 것 같다.

그러나 잠수함 투어를 마치고 송악산을 산책하는데 뜻밖의 행운을 얻었다. 동물원에서나 보던 돌고래를 바다에서 볼 줄이야! 돌고래 십여 마리가 떼를 지어 지나가는 모습을 신기한 듯 바라보며 동영상을 찍어 본다.

PART 02

제주 여행

올레 1코스, 유채꽃

어제 초저녁부터 비가 조금씩 내리기 시작하는 것을 보고 일찍 잠이 들었는데 새벽에 일어나 보니 제법 많은 비가 내리고 있다.

서울의 미세먼지를 피해 제주에 내려 왔는데 제주에도 미세먼지가 많다는 문자를 받고 보니 놀라웠다. 육지에서는 미세먼지가 매우 심각하여 국민적 관심사로 떠올랐다지만 제주까지 그 영향이 미칠 줄이야.

그런데 이렇게 비가 내리니 얼마나 다행인가? 아침을 단단히 먹고 채비를 서둘러 길을 나서는데 주룩주룩 내리는 빗소리가 왜 이리 반가운지….

택시를 불러 제주 올레 1코스가 시작하는 시흥초등학교에서 내려 걷기를 시작하는데 웬일인지 진한 감동이 밀려온다. 아마 제주 올레 26개 코스, 425㎞의 시작점이라는 상징성 때문일 것이다.

택시에서 내리자 젊은이 한 명도 올레 걷기를 하는지 앞서서 출발을 한다. 풍광이 아름다워 여러 장의 사진을 찍고 발걸음을 옮기는데 빗줄기의 구령 소리가 심장을 고동치게 한다.

1㎞ 정도를 올라가니 여행자 센터가 있어서 들어가 잠시 정리를 하고 길을 나서는데 앞서가던 사람도 그곳에 머뭇거리며 기다리는 듯한 느낌이 들었다.

서로 인사를 나누고 길을 걷는데 부산에서 왔다는 40대 후반의

그곳에 가면 **게묵**이 흐른다

남자는 올레 걷기가 처음이란다. 오늘도 길 위에서 만난 소중한 인연과 함께 걸으며 길 위의 인문학에 취해 길을 걸으니 발걸음도 가볍다. 사시사철 푸른 들판을 지나 알오름에 오르니 지상낙원이 따로 없는 듯하다.

성산일출봉과 우도 그리고 성산포의 들판과 바다가 조각보를 펼쳐놓은 듯한 모습이 한눈에 들어오는데 오히려 비오는 흐린 날씨가 더 운치가 있고 아름답다.

특히 알오름은 일출의 명소이기도 한데 바로 코앞에 보이는 성산일출봉을 약간 비켜서 올라오는 일출은 신이 빚어 낸 작품답게 보는 이의 탄성을 자아낸다.

오늘의 일정은 시흥초등학교에서 시작해 말미오름과 알오름을 거처 종달리 옛 소금밭을 지나 중간 스탬프를 찍는 목화 휴게소를 거쳐 광치기 해변에서 끝나는 코스인데 첫 오름에 올랐을 뿐인데도 너무나 감동이다.

한참을 내려오니 팔각정이 보이고 한 남자가 쉬고 있었다. 인사를 나누고 함께 길을 가는데 40대의 이 남자, 이번이 올레 걷기 4번째란다. 초등학생 아들과도 한 차례 완주를 했다는데 아들에게 모험심과 성취감을 심어 준 좋은 계기가 되었단다. 이렇게 올레의 매력에 자꾸 빠지는 것은 현재 우리가 걷는 1코스 때문이란다.

아름답기로 유명한 종달리 옛 소금밭을 지나는데 무밭이 무째 다 엎어놓은 것이 마음이 아프다. 상품성이 떨어지고 인건비도 건지질 못한다고는 하지만 너무나 안타깝다. 밭에 들어가 무를 들어 보니 실한 것이 충분히 먹을 수 있는 좋은 무였다.

이곳은 벌써 매화가 활짝 피어 봄을 알려 주고 있고 바닷가에는 수많은 갈매기와 오리 떼가 쉬고 있다. 중간 스탬프를 찍는 목화 휴게소에 도착해서 스탬프도 찍고 잠시 쉬어 가기 위해 커피를 마신다.

눈앞에 보이기 시작하는 성산일출봉을 보니 도착지도 가까이에 있는 듯하다. 아직 12시도 안 됐는데 이렇게 빨리 온 것은 동행하는 친구가 있기 때문일 것이다.

성산일출봉에 도착을 하니 이런 곳에 이런 멋진 조망 장소가 있다는 것이 감탄스러울 뿐이다. 이런 것은 걷기 여행이 아니면 도무지 맛보지 못하는 자연의 보너스일 것이다.

그렇지만 오늘의 하이라이트는 따로 있다. 지난 제주 한 달 살이를 할 때 우도에 들어가기 위해 버스로 이동하며 광치기 해변을 지날 때 창밖으로 보았던 유채밭의 풍경이 눈에 선하기 때문이다. 그래서 오늘의 끝 지점에 있는 유채밭 풍경에 대한 설레는 마음을 진정시키지 못하고 여기까지 온 것이다.

비도 그치고 파란 햇살이 흰 뭉게구름 사이로 드러내기 시작했는데 사진을 찍어 보니 기막히게 찍히는 것이 가히 일품으로 눈에 들어왔다.

온 천지가 온통 노란 유채꽃으로 물결치는 장면은 눈으로 직접 보기 전에는 그 감동을 느낄 수 없을 것이다. 4월 제주 캠프가 있는 그때까지 남아 있으면 좋으련만. 벗들과 함께 보기 위해 기도하는 심정으로 마음속 깊이 간직해 본다.

우도, 올레 1-1코스

지난 12월 제주 한 달 살이를 할 때 여행을 위해 들렀던 우도를 이번에는 제주 올레 1-1코스를 걷기 위해 다시 찾았다.

호텔에서 콜택시를 불러 10분 거리에 있는 성산항에 내리니 수많은 갈매기 떼가 끼룩끼룩 울어 대며 환영해 주는데 지난 제주 살이의 추억이 떠올랐다.

지난 여행 때는 일정상 몇 군데 잠시 보면서 지나갔었는데 역시 올레를 걸으며 자연과 짝하니 이보다 더 좋을 순 없다.

우도 천진항에 내려 지난 여행과는 반대로 길 표식을 따라 걷는데 날씨가 따뜻해서 그런지 여행객도 더 많아졌고 삼륜 전동차와 전기 자전거를 타고 즐기는 사람들이 많다.

조심조심 갓길을 걷노라니 검은 돌담을 따라 유채꽃이며 이름 모를 야생화가 활짝 피어 지천에 깔려 있고 지난겨울 새순이 올라왔던 청보리는 벌써 열매를 맺어 가고 있다. 이곳은 벌써 초여름 날씨인지 조금 걸었을 뿐인데 벌써 덥다.

바람막이 옷을 벗어 배낭에 넣고 해변길을 걷는데 살랑살랑 불어오는 바닷바람 덕분에 더위가 조금은 가신다.

30분 정도를 걸으니 그 아름다운 홍조단괴 해빈 산호 해수욕장이 청아한 파도 소리를 연주하며 나타났다. 새하얀 모래밭 사이로 속살을 훤히 드러낸 모습이란…. 푸르디푸른 바다 색깔. 어쩜 이렇게

그곳에 가면 **행복**이 흐른다

아름다울 수 있단 말인가? 잠시 걸음을 멈추고 눈으로 귀로 마음으로 들어 본다.

얼른 카페에 들어가서 커피를 사 가지고 나와 파도 소리를 들으며 한참을 멍하니 커피를 마시는데 커피를 마시는 건지 파도를 마시는 건지 알쏭달쏭 신비스러운 체험을 하게 된다.

먼발치에 보이는 백발의 노신사도 바다를 주시하며 한참을 서 있는데 무슨 상념에 잡혀 있는 걸까? 단정히 빗은 노신사의 하얀 머리카락과 서빈백사의 어울림이 오늘따라 환상의 조합처럼 보인다. 꿈을 꾸는 듯한 표정으로 미동도 없이 그저 바다를 바라보는 것이 마치 세상에서 잠시 비켜 선 듯한 모습이다.

닮은꼴의 두 남자는 물끄러미 한참 동안 바다를 바라봤다. 세속의 모든 것이 씻겨 나간 듯 깃털처럼 가벼운 마음에 따스한 햇살이 하늘의 선물처럼 쏟아져 내린다.

아름다움을 뒤로하고 걸음을 옮겨 보지만 자꾸 뒤돌아보는 것은 아마 미련 때문일 것이다.

올레 2코스

오늘은 비교적 평범한 코스인 제주 올레 2코스를 걷기 위해 길을 나섰다.

지난밤에는 1코스를 걸을 때 시흥리 여행자 센터에서 만났던 부산 친구를 호텔로 초대해서 함께 숙박을 했다. 이렇게 같이 숙박할 수 있었던 것은 애초 2인실 트윈을 예약했기 때문이다.

노란 유채꽃이 물결치는 광치기 해변부터 시작해서 대수산봉을 거쳐 온평 포구까지 14.7㎞를 걷는데 대부분 검은 돌담이 층층이 쌓여 있는 밭길을 걷는 코스였다.

이곳은 밭 작물로 대부분 무를 심었는데 무를 수확하지 않고 들러 엎은 곳이 대부분이라 너무 마음이 아프다. 그나마 한 곳은 십여 명의 농부들이 무를 수확하는데 무표정으로 노랫가락도 없이 무를 뽑는 모습이 안쓰럽기까지 했다.

약간은 지루할 것 같은 밭길을 한참을 걷는데 대수산봉의 호젓한 숲길이 그나마 색다른 매력으로 발걸음을 가볍게 했다.

20여 분을 올라 정상에 서니 어제 알오름에서 경험했던 것과 같이 동서남북 탁 트인 전경으로 성산일출봉을 비롯해서 서귀포뿐 아니라 제주시까지 한눈에 들어왔다.

그런데 오늘도 어제와 마찬가지로 바람이 상당히 세게 분다. 지난 12월 제주 한 달 살이 때보다 바람이 더 차가운 것이 봄바람의 시샘

그곳에 가면 행복이 흐른다

인 듯하다.

울창한 소나무 숲 터널을 빠져나와 목적지 근처에 오니 옛 결혼식 장이었던 혼인지가 눈에 띄었다. 아주아주 오래전 결혼식을 올리고 지하 토굴에 신방을 마련한 것을 보니 호랑이 담배 피우던 시절이었던 것 같다. 지금도 전통혼례를 야외에서 한다고 하니 전통혼례가 있는 날 온다면 재미난 구경거리가 될 듯도 하다.

푸른 물결 출렁이는 온평 포구에 도착해서 오늘도 기쁘게 완주를 하고 행복한 미소를 지어 본다.

PART 03

제주 캠프

첫째 날: 삼다수 숲길

제주도가 머릿속에서 떠나지 않는다.

왜 그럴까? 옥색 빛깔의 바다 때문일까? 바다가 훤히 보이는 멋스러운 카페에서 감미로운 음악과 함께 커피를 마시며 갯바위에 부딪혀 부서지는 하얀 포말을 그리는 파도 때문일까?

지난 12월 제주 한 달 살이 체험을 하면서 제주를 더 사랑하게 되었나 보다. 아마도 제주 올레를 걸으면서 제주 올레에 심취했기 때문일 것이다.

오늘은 그동안 설레며 기다려온 제주 캠프가 열리는 날이다. 아마도 힐링 님들과 올레를 걸으며 많은 우정을 쌓게 될 것이다.

이렇게 좋은 곳을 좋은 친구들과 함께 걷는다니… 기쁨 속에 3개월도 훌쩍 지나 드디어 오늘 김포공항을 출발한다.

첫째 날 일정을 진행하기 위해 이른 아침 김포공항에 모여서 커피와 빵으로 아침식사를 대신한다. 이번 캠프는 올레 걷기가 주목적이기에 렌터카를 빌리지 않고 택시와 버스로 이동하기로 계획을 세웠다.

제주공항에 내려 두 대의 택시로 갈 계획이었는데 택시 승강장에 가 보니 포드에서 나온 9인승 밴인데 꼭 연예인이 타고 다니는 그런 멋진 택시가 눈에 들어왔다. 오! 관광 제주를 내세우더니 제주엔 이런 택시도 있구나. 신기한 듯 택시에 오르니 좌석도 편하고 공간이 넓은 게 꼭 리무진을 타고 가는 그런 기분이 든다.

오늘의 일정은 잘 알려지진 않았지만 삼나무 숲이 우거진 삼다수 숲길을 걷는 것이다. 공항에서 택시로 30분을 달려 미리 점심 예약을 해 놓은 '숲애'란 식당에 들러서 닭곰탕과 메밀전을 맛있게 먹고 배낭과 짐은 식당에 맡기고 가벼운 마음으로 길을 나선다.

걸어가는 초입부터 동백꽃이 활짝 피어 환영을 하고 농장에선 말들이 한가롭게 풀을 뜯고 있다. 검은 전깃줄엔 새까만 까마귀 떼가 줄지어 앉아 있고 길가엔 노란 유채밭이 대조를 이룬다.

포근하고 맑은 날씨와 파란 하늘, 저편 넘어 두둥실 떠 있는 뭉게구름을 바라보며 또 한 번 감탄. 제주의 숨은 보석 삼다수 숲에서는 이런 감동의 드라마가 선물처럼 값없이 주어졌다.

둘째 날: 올레 7코스

　지난 제주 한 달 살이 체험 때 18일간 묵었던 케니스토리 호텔을 이번 제주 캠프의 숙소로 정했다. 비즈니스 호텔이지만 깔끔하고 아침식사가 정갈하게 잘 나오기 때문이다.

　지난밤에는 기침을 많이 해서 함께 자는 경찬 씨에게 폐가 되었다. 숲길 걷기를 하고 난 이후 4년여 동안 한 번도 걸리지 않았던 감기인데 별다른 증상은 없이 기침이 많이 나서 기침을 멎게 하는 약을 먹고 도라지차를 계속 끓여 마셨다. 낮에는 괜찮은데 밤이 되어 침대에 눕기만 하면 기침이 나오니 요놈의 기침이 일주일째 괴롭히고 있다. 기침 때문에 목캔디를 입에 물고 잠을 청해 보지만 잠이 오질 않는다.

　벌써 며칠째 제대로 잠을 못 자다가 새벽녘에 깜박 잠이 들었는데 알람이 울리는 소리도 듣지 못하고 아침 식사 시간이 거의 다 되어서야 경찬 씨가 깨워서 겨우 일어났다. 다행히 몇 시간 꿀잠을 잤는지 몸이 가뿐하고 기분이 좋다.

　서둘러 씻고 레스토랑에 내려가니 가족 단위의 여행객들이 여럿 나와 식사를 하고 있다. 주방 곁으로 가서 지난번 묵을 때 친절하게 잘해 주던 영양사에게 인사를 하려고 찾으니 보이질 않는다. 주방 아주머니에게 물어보니 그새 그만두었단다. 아쉽다.

　그러나 다행히 내 입맛에 딱 맞는 음식을 만드는 전문 셰프는 그대로 계시고 준비되어진 음식도 예전의 맛을 그대로 유지하고 있었다. 정말 맛있게 먹었다. 캠프에 참여한 회원들도 내 입맛과 비슷한지 아니면 전문 셰프의 실력이 뛰어난 건지 다들 맛이 있단다.

아침을 든든히 맛있게 먹고 캠프 둘째 날 올레 7코스를 걷기 위해 길을 나선다. 첫 제주 캠프의 첫 올레 걷기를 7코스로 잡은 이유에는 호텔에서 접근하기 좋다는 이점도 있지만 천지연 폭포와 한라산을 가까이에서 조망할 수 있는 칠십리시 공원과 오름이 있으며 오름을 내려오면 바로 선녀탕과 그 유명한 외돌개를 끼고 해안 비경길을 걷는 올레 최고의 코스이기 때문이다.

처음 올레를 걷는 회원이 대부분이라 맛보기 샘플 올레 걷기인 셈이다. 나도 이 올레를 걷고 올레에 빠졌으니 말이다.

걷기를 시작하고 십여 분 만에 천지연 폭포와 한라산을 조망할 수 있는 칠십리시 공원에 도착을 했다. 넓고 푸른 잔디밭을 배경으로 한라산을 바라보는데 두둥실 떠 있는 뭉게구름 때문인지 더 아름답게 보인다.

그곳에 가면 행복이 흐른다

이번 제주 캠프에 참여한 홍일점 명순 씨는 사진을 찍고 감상하는 사이 풀밭에 들어가 무언가를 찾고 있다. 바로 행운의 상징인 네잎 클로버를 찾고 있었다. 다들 해 보셨을 것이다. 토끼풀이 무성한 풀밭에서 행운의 네잎 클로버를 찾기 위해 허리를 숙여 세잎 클로버 사이를 뒤적거리던 경험. 바로 행운의 상징인 네잎 클로버를 찾기 위함이다. 나는 한 번도 찾지 못했지만 말이다. 행운이 나를 비껴간 것은 아닐까?

　나폴레옹이 전쟁 중 네잎 클로버를 발견하고 머리를 숙이는 순간 총알이 머리 위로 지나가서 목숨을 건졌다는 일화가 있다. 그래서 그때부터 네잎 클로버는 행운의 상징이 되었다.

　그렇다면 세잎 클로버의 꽃말은 무엇일까? 세잎 클로버가 행복이라는 꽃말을 갖고 있다는 사실을 알고는 있는가? 우리는 때때로 풀밭에 가득한 행복의 세잎 클로버를 지나치고 행운의 네잎 클로버만 찾는 모순된 삶을 살기도 한다. 이처럼 우리는 아주 가끔 찾아오는 행운 때문에 눈앞에 있는 진짜 행복을 놓치며 살고 있지는 않은지 모르겠다. 언제 찾아올지 모르는 행운 때문에 현재의 행복한 삶을 미뤄두지 않기를….

　어릴 적 가늘게 올라온 꽃대를 꺾어 화관도 만들고 또 꽃반지도 만들어 소꿉친구 머리에 씌워 주고 예쁜 손가락에 끼워 주고는 어설픈 사랑을 고백했던 경험이 있다. 사랑이 무엇인지도 모른 채 말이다.

　명순 씨가 잠깐 사이 네잎 클로버를 두 장이나 찾았다며 좋아한다. 예쁘게 말려 코팅하여 책갈피로 쓴다고 한다.

　행복한 그대여! 행운까지 독차지했으니 밝고 빛나게 청춘 같은 삶으로 건강하시게나….

20㎞ 가까이 억새와 야생화가 만발한 해안 올레는 서귀포의 절경들이 모여 있다. 끝없이 이어지는 해안 비경길은 걸어도 걸어도 지치지 않는 감동의 로드가 틀림이 없다.

Photo by 김효열

그곳에 가면 케톡이 흐른다

예전에 들렀던 카페에 들러 해송 사이로 펼쳐진 푸른 바다를 바라보며 마시는 한 잔의 커피는 피가 되고 살이 될 게 분명하지 않은가? 잠시의 쉼으로 재충전을 하고 온평 포구가 있는 아왜마을로 전진.

Photo by 김효열

한참을 걸어서 해물라면 파는 가게에 도착을 하니 지난겨울 걷기에서는 보질 못했었는데 지금이 소라 철인지 뿔소라, 해삼, 멍게까지 판매하고 있었다.

해물라면을 시켰는데 경찬 씨 왈, 뿔소라를 꼭 먹어야 된다나. 덕분에 뿔소라, 해삼, 추자도 멍게까지 한 접시 주문을 한다. 그런데 뿔소라엔 소주가 궁합이라나. 부딪치는 술잔 속에 싹트는 우정.

그러나 나는 술을 못 마시기에 빈 술잔으로 짠. 해물라면과 뿔소라에 만족하며 안주만 축내니 한 접시만으론 부족. 뿔소라만 더 시켜서 먹었다.

국물 맛이 끝내주는 해물라면을 맛있게 먹고 또 목적지를 향해 길을 나서는데 좁다란 해안 오솔길 양옆으로 유채며 들꽃이며 만발하여 꽃향기 날리니 우리 것이 좋은 것이여!

오메, 제주 올레가 좋은 것이여!

그곳에 가면 **행복**이 흐른다

셋째 날: 올레 5코스 그리고 캠프 종료

첫 제주 캠프의 마지막 저녁은 제주의 명물 갈칫국을 먹어봤다. 갈치조림이 유명하다는 서귀포 중심의 아랑조을 거리 안에 있는 네거리 식당에 들어가니 손님이 많아 한참을 기다려야 된다나. 하는 수 없이 건너편의 식당으로 들어가 주문하려고 하니 이곳도 분주하긴 마찬가지라 곧 식사를 마치고 나가는 테이블을 치워 달라 하여 갈칫국을 시켰다.

제주에 왔으니 새로운 문화 체험을 해 보는 게 당연하지 않은가? 처음 먹어 보는 갈칫국인데 비릿할 것이란 예상을 깨고 매콤 시원한 게 그런대로 괜찮았지만 내 입맛에는 갈비가 훨씬 맛있다는 생각이 들었다.

오늘은 제주 캠프 마지막 날이다. 6코스가 시작되는 쇠소깍에서 역방향으로 남원 포구까지 이어진 해안 올레인데 우리나라에서 가장 아름답다는 평가를 받고 있단다.

검은모래사장으로 유명한 쇠소깍에 도착하여 기념 촬영을 했다.

또 이곳은 해변도 아름답지만 용암이 흘러내린 계곡에는 각양각색의 바위들이 조각품처럼 살아 있어 보는 이의 감탄을 자아낸다. 그리고 이곳은 민물과 바닷물이 만나면서 절경을 만들어내는 관광 명소이기도 하고 전통 배 테우를 타고 스릴을 즐길 수도 있다.

쭉 이어진 데크 산책로를 따라 걸어가면 6코스 시작점이자 5코스의 끝인 스탬프 찍는 곳이 나오고 쇠소깍 다리를 건너면서부터 5코스 역방향이 시작된다.

특히 5코스의 상징인 동백 수목원이 있고 토종 동백 군락지를 만나게 되는데 나지막한 검은 돌담을 넘어 아름드리 커다란 동백나무가 군락을 이루어 장관이다.

그리고 겨울철이면 붉은 동백꽃이 만개를 하여 짙은 향기를 풍기는데 마치 동백 숲길을 걷는 걷기 여행자에게 주는 선물과도 같다.

한참을 가다 보면 목적지를 약간 못 미쳐서 큰엉 경승지 산책로가 있다. 이곳에는 기암괴석이 여러 가지 형태의 모습으로 성곽처럼 펼쳐져 있고 큰엉(바닷가나 절벽 등에 뚫린 바위 구멍)이 시선을 압도하는데, 이런 한반도 지형의 숲길은 걷기의 재미를 더하여 준다.

그리고 이곳은 신영 영화 박물관과 어린이 체험랜드인 코코몽, 금호리조트가 에메랄드빛 바다를 조망할 수 있는 언덕 위에 세워져서 관광객이 끊이질 않는 곳이다.

숲속을 빠져나오니 멋진 레스토랑이 눈에 들어왔다. 오면서 한 차례 커피와 간식을 먹으려 하였지만 이른 시간이라 그런지 문을 연 곳이 없어서 허기가 느껴지던 참이었다.

'로빙화'라 이름 지어진 레스토랑에 들어가니 말은 한국말을 하는데 꼭 남미 사람들 같다. 복장도 그렇고. 나중에 알고 보니 남미풍 콘셉트로 분장을 하고 영업하는 곳이었다.

화덕 피자와 생맥주를 시켜 느긋하게 시간을 보내고 야심차게 준비하였던 제주 캠프를 마무리한다. 12월 한 달간 진행될 제주 캠프를 기대하면서….

PART 04

테마 여행

태동

가수 송대관 씨의 노래들은 대부분 흥이 나고 따라 부르기가 쉽다. 그중에서도 「분위기 좋고 좋아」의 가사는 행복한 삶을 쉽게 표현한 기분 좋은 느낌이랄까. 그런 게 있어 참 좋다.

분위기 좋고 좋고
느낌이 와요 와요
준비는 됐고 됐어 오메 좋은 것

분위기 좋고 좋다
폼도 좋구나 좋아
준비는 됐어 됐어 나는 행복해

일벌레, 일 중독자로 살아왔던 지난 40년을 뒤돌아보니 생활은 안정되고 삶은 윤택해졌다.

그렇지만 오랜 세월 앉아서 일을 하다 보니 다리도 부실해졌고, 무릎도 약해졌고, 결정적으로는 허리가 아파서 늘 통증에 시달려왔다.

병원에 가서 치료도 받고 허리에 좋다는 건강식품도 먹어 봤지만 그때뿐이지 재발의 연속이었다. 그런 데다가 겨울이면 툭하면 걸리는 감기로 병치레를 자주 하며 살다 보니 '어떻게 하면 건강하게 살 수 있을까?' 고민을 많이 해 왔던 게 사실이다.

하루는 허리 통증으로 시달리다 병원을 찾았는데 엑스레이 검진을 하던 주치의로부터 뜻밖의 소식을 들었다. 현재 사진 판독으로 보면 큰 이상은 없지만 허리 근육이 경직이 되어 통증을 유발할 수 있다면서 허리 근력을 키우는 운동이 좋으니 무리가 안 가는 걷기를 하되 가능하면 숲길 걷기를 추천한다는 것이다.

등산이나 숲길을 걸어본 경험이 거의 없었기에 고민은 되었지만 평소 직장 생활의 소신대로 '할 수 있다', '하면 된다', '해 보자' 마음을 먹으니 길이 열렸다.

평소 등산을 좋아하는 친구의 끈질긴 권유에도 내려올 걸 굳이 왜 올라가느냐고 비아냥거렸는데. 의사의 추천으로 걷기를 하려고 하니 (좀 미안했지만) 안내를 부탁했더니 흔쾌히 해 주겠단다.

맨 처음 간 곳이 도봉산 둘레길이었는데 등산복이 없어 티와 청바지를 입고 약속 장소에 나와 보니 다음 카페의 걷기 모임이었다.

30명쯤 모였는데 대부분 여성들이 많았다. 친구의 소개로 간단하게 인사를 하고 걷기를 시작했는데 도봉산을 찾는 등산객이 그렇게 많을 줄이야!

평소 등산복을 입고 다니는 걸 못마땅하게 생각했었던 터라 놀라움이 더욱 컸다. 밀집해서 영업을 하는 음식점과 등산복 코너 등을 지나 이리저리 이끌고 지나가는데 초반 30분 정도의 힘듦을 빼고는 따라갈 만해서 부지런히 뒤쫓아 올라갔다.

2시간 이상 산길을 걸으니 점점 다리가 아파왔지만 여성들이 대부분인 모임에서 차마 다리가 아프다는 말은 하지 못한 채 죽을힘을 다해 우이동까지 완주를 했다.

다녀오고 난 이후 며칠 간은 종아리와 허벅지에 알이 배겨 고생도

했지만 숲길을 걸을 때 상큼했던 숲 내음이 좋아 다음 모임에도 꼭 가고 싶어졌다.

회원가입을 하라는 친구의 권유와 첫 모임에서 반갑게 대해주던 교회를 다닌다는 집사님의 권유에도 가입은 하지 않은 채 이후에도 세 번 정도 더 나갔지만 거친 숨을 몰아쉬며 올라선 정상에서 맛보는 환희는 잠시, 내려올 때 무릎 통증이 동반되어 치료를 받고 고생을 많이 했다.

다리를 요리조리 흔들고 무릎을 만지며 살피던 주치의는 사진 판독으로는 괜찮다며 이 증세는 주로 운동을 많이 하는 선수들이 걸리는 것인데 무릎 옆의 힘줄에 염증이 생겨서 그런 거니 치료를 한 일주일 정도 받고 당분간은 쉬면서 천천히 편안한 길을 걸으라고 다시 권유를 한다.

보험 적용이 안 되어 한 번에 4만 원 하는 특수 물리치료를 여러 번 받고 나서야 통증이 없어졌고 걷기에 불편함이 없었다.

치료를 받으면서 나는 무릎이 아프면 걷기는커녕 정상적인 생활을 할 수 없다는 사실을 깊이 깨닫게 되었다. 무릎이 아파서 정상적인 걷기를 못한다면 큰일이다 싶어 내 체력과 약해진 무릎으로는 등산은 맞지 않다고 판단을 해 친구에게 양해를 구하고 그 모임은 그만 나가기로 했다.

하지만 이것이 숲길을 사랑하는 계기가 될 줄이야! '걷기 좋고 우거진 숲길은 없을까? 사색하며 숲과 교감할 수 있는 곳은 없을까? 계단이 많지 않고 무릎에 충격 없이 걸을 순 없을까? 의사의 추천대로 편안한 길은 없을까?' 생각하면서 대체로 걷기 좋다는 석촌호수와 올림픽공원, 그리고 서울 둘레길 코스인 사당에서 양재까지, 수

서에서 양재까지를 여러 번 반복해서 걸었다.

처음에는 많이 힘들었지만 꾸준히 6개월 정도 숲길을 걷고 나니 다리도 튼튼해졌고 무릎도 근육이 생겼는지 많이 좋아졌고 조금만 언덕을 올라가도 헉헉대던 가쁜 숨도 심폐 기능이 좋아졌는지 웬만큼은 끄떡없이 걸을 수 있게 되었다.

그리고 무엇보다 감사한 것은 허리 통증이 씻은 듯 사라졌으며 겨울철 그렇게 괴롭히던 감기도 언제 걸렸었는지 잊을 정도로 건강 체질로 바뀐 것이다. 내 모습이 너무나 신기했다.

이뿐만이 아니다. 추위를 특히 많이 타 겨울철 산에 가는 것은 꿈도 못 꿀 일인데 지금은 겨울 눈꽃 트레킹은 아예 취미가 되었다.

오! 주치의 걷기 처방전은 부작용이 전혀 없는 건강 역전의 특효약이 되었다. 이를 알려야겠다는 작은 바람의 소명의 불씨가 이렇게 멋진 힐링100클럽으로, 누구나 부러워하는 명품클럽으로 발전하게 될 줄이야! 그저 감사할 따름이다.

한번은 내가 요즘 둘레길을 열심히 걷고 있다는 소식을 접한 친구가 안산에 걷기 좋은 둘레길이 있다고 알려 줬다. 그런데 안산이면 잠실에서 너무 멀어 거기까지 가기에는 힘들겠다고 하니 인천 옆에 있는 안산시가 아니고 서대문에 있는 산, 안산이란다.

나중에 그곳에 가 보니 정식 명칭은 안산 자락길인데 무악재를 사이에 두고 인왕산과 마주하고 있는 무장애 숲길이었다.

나는 이곳에 갈 때마다 이곳을 이렇게 조성한 서대문구 담당자에게 감사를 느낀다. 남녀노소뿐만 아니라 휠체어를 탄 장애인까지 걸을 수 있도록 만들어 놓았으니 말이다. 다른 곳들도 안산 둘레길처럼 자연 훼손이니 자연 보존이니 하는 개념을 넘어 사람과 자연이 서로 어우러질 수 있는 자연 친화적인 길을 만든다면 얼마나 좋을 까 하는 생각을 해 본다.

안산 자락길에 처음 와서 걸어 본 소감은, 내가 그토록 간절히 찾 던 그런 숲길이라는 것이다.

친구가 알려준 안산. 지금 생각해 보면 그곳이 나에게는 결코 잊 지 못할 아름다운 인연을 만들어 준 귀한 장소가 된 것이다.

어느 날 마음먹고 시간을 내어 친구가 소개해 준 안산 자락길을 답사를 겸해 찾았다. 3호선 무악재역에서 내려 3번 출구로 나오니 돌의자가 있고 몇 명의 여성들이 앉아 있는 게 보였다.

초행길이라 지리를 잘 몰랐지만 친구가 알려 준 대로 조금 올라가 니 오른쪽으로 올라가는 길이 보였다. 차길을 따라 올라가는데 상 당히 가팔랐지만 그동안 숲길을 걸으며 튼튼해진 다리와 늘어난 폐 활량 덕분에 거뜬하게 올라갔다.

올라와 보니 안산 자락길이란 푯말 위로 빽빽한 숲이 가장 먼저 반기고 숲 사이로 데크로 만들어진 길이 보였다. 친구의 말로는 오 른쪽으로 걷든, 왼쪽으로 걷든, 데크길을 따라 빙 돌아서 한 바퀴를 돌면 2시간 정도 걸려서 제자리로 돌아오니 어떻게 걷든 상관없다 고 한다. 하지만 데크로 올라서 잠시 망설이다가 왼쪽 길을 택해서 사진을 찍으며 걸었다.

오월의 푸르름이 더하는 터라 숲 내음이 아주 상큼했다. 사진을 찍다가 혹시나 하여 뒤에 오는 두 명의 여성에게 답사를 왔다면서 길을 물어보니 그쪽으로 쭉 가면 된다고 친절하게 가르쳐 주었다.

감사하단 말씀을 드리고 한참을 걷는데 어디선가 "답사 아저씨! 답사 아저씨! 그리로 가면 안 돼요!" 소리가 약하게 들렸지만 행여,

'날 부르는 건 아니겠지' 하며 가려고 하니 큰 소리로 메아리쳐 온다.

"답사 아저씨!"

뒤돌아보니 아까 길을 물어보았던 두 명의 여자분 중에 약간 통통해 보이는 분이 나를 부르는 게 아닌가.

"그리로 가면 내려가는 길이에요. 올라오세요."

길 표식을 잘못 보고 내려갔었는데, 약간 핼쓱해 보이는 여자분이, "아니 저 답사 아저씨 저리로 가면 안 되는데" 하며 친구에게 알려 주어서 친구가 큰 소리로 불렀다고 그랬다.

그런데 이 일이 오늘 이후 힐링100클럽을 탄생시키고 커다란 인연의 브리지가 될 줄이야!

어찌나 감사하던지 고맙다는 인사를 하면서 같이 길을 가는데 여자분이 도시락통 같은 것을 들고 있기에 무엇이냐고 물어보니 오늘 친구와 함께 산에서 먹을 도시락이란다.

속담에 이런 말을 기억하는지. 물에 빠진 사람 구해주었더니 봇짐을 내놓으라고 한다더니 내가 그 꼴이 되었다. 그럼 길 안내도 해 주고 도시락도 같이 먹을 수 있느냐고 물어보니 흔쾌히 허락해 준다.

이런저런 이야기를 주고받으며 길을 가는데 자기들은 이 동네 살아서 자주 온단다. 분명 복 받은 사람들이다. 이렇게 좋은 숲속 산책로를 선물로 받았으니 말이다.

쉼터가 있어 도시락을 펴 놓고 먹으면서 대화를 하는데 자기들은 친구와 소풍을 왔는데 지하철에서 올리올 때 날 봤다면서 반가워했다. 이런 고마운 인연이 다 있나!

한참을 점심과 과일을 먹으며 대화하며 쉬고 있노라니 조금 전 만났을 뿐인데 오랜 친구가 된 느낌이 되었다.

식사한 자리를 깔끔하게 정리하고 다시 걷기를 시작했는데 세상에! 세상에! 울창한 산림으로 가득한 메타세쿼이아 숲이 펼쳐진 것이다. 난생 처음 보는 멋진 광경에 눈이 휘둥그레졌다. 키다리 아저씨마냥 하늘을 찌를 듯 쭉쭉 뻗은 나무를 보니 날아갈 듯 기분이 좋아졌다.

숲속 중앙에는 커다란 원형 쉼터를 만들어 놓아서 이곳을 찾는 사람들이 잠시 쉬어가도록 배려를 했으며 숲속 음악회 내지 숲속 잔치를 할 수 있도록 했단다.

메타세쿼이아 숲속을 지나니 이어서 소나무 숲이 나왔다. 그런데 이런 나무들이 하루아침에 자라는 것이 아니지 않은가. 오래전 이런 멋진 숲을 꿈꾸며 인공조림에 힘썼던 선각자에게 감사를 담아 경의를 표한다.

쉬엄쉬엄 걷다 보니 4시간 정도 걸려서 친구의 말처럼 원점으로 돌아왔다. 원점에서 내려오니 여성분들 중 한 분이 말했다. "저기 저 아파트가 제가 사는 집이에요"라고 했다. 와! 안산 숲을 품은 명품 아파트처럼 보였다.

맘만 먹으면 언제든지 준비할 것도 없이 간편한 옷차림으로 갈 수 있으니 말이다.

내렸던 지하철 입구에 오니 길 건너 냉면집이 보였다. 점심도 얻어먹었겠다. 또 얼마나 감사한 일인가! 이른 저녁이지만 냉면을 사 주겠다고 간청하여 식당에 들어가 맛있게 먹고 전화번호를 교환했다. 다음 주에도 오겠다고 약속하고 그때 안내해 줄 것을 부탁을 했다.

그런데 두 분 중에 한 명은 말이 거의 없고 어디가 아픈지 병색이 완연해 보였다. 나의 경험을 바탕으로 웃음 치료에 대하여, 숲길 걷

그곳에 가면 *행복*이 흐른다

기에 대하여 얘기해 줬다. 혼자 있으면 우울증에 걸리기 쉬우니 주치의가 추천을 해줬다는 얘기도 해 주며 숲길 걷기의 중요성을 이야기하고 다음 주에 꼭 나와서 걸어야만 된다고 강조하면서 헤어졌다.

이분들이 바로 지금의 조혜림 총무, 방경숙 강북 운영자이다. 이렇게 시작된 둘레길 걷기는 근 세 달 정도 이어졌다. 웃음천사인 송경희 출석 체크 운영자와 병색이 완연했던 조혜림 총무와 삼총사가 되어 그해에 안산 자락길을 15번 이상 걸은 것 같다.

수줍고 얌전하던 혜림 씨는 웃음이 많아지고 건강도 많이 좋아지면서 친구인 혜영 씨(지금의 여성 대표가 된 김혜영 캡틴)를 초대했다. 그러면서 비공개로 운영되는 밴드의 초대 멤버로 김경희 편집장, 송경희 출석 체크 운영자, 구명옥 강동 운영자, 모혜경 강서 운영자, 조혜림 총무 겸 재무, 방경숙 강북 운영자, 류향숙 씨, 김학순 씨, 장영림 씨, 이상학 씨까지 12명이 참여하여 초대 멤버가 되었다.

청일점이었던 나는 한동안은 꽃집 남자가 되었고 작은 불씨가 커다랗게 피어나는 초석가가 되었다.

모임은 순조롭게 진행되어 매주 토요일마다 10명 정도가 모여 서울 둘레길 걷기를 중심으로 건강 다지기를 하다가 첫 여행으로 인제 점봉산 곰배령, 천상의 화원에 18명의 회원들이 참여하여 첫 정기 여행의 스타트를 끊었다. 이것이 좋은 예가 되어 매월 한 차례씩 국내외 여행지를 다니며 힐링을 하며 감성 충전, 행복 충전을 하고 있다.

언제나 처음이라는 말은 설레지만 이때의 첫 여행은 남달랐으며 감동 그 자체였다. 여성들이 대부분이어서 꽃집 남자로 오랫동안 군림했지만 6개월 정도 지난 괴산 산막이옛길 걷기에 혜림 씨가 임기호 캡틴(남성 대표)과 박광호 씨를 초대하여 꽃집 남자의 역할은 아쉽게도 여기서 끝났다.

이제는 토요 걷기에 성비가 거의 맞는 좋은 모임이 되었다.

짧은 기간에 이렇게 힐링100클럽이 완성되다니. 우연인가? 필연인가? 왜 그때 길을 잘못 들게 하신 건가? 왜 불렀을까? 그냥 지나쳐도 될 일을. 왜 도시락을 나누어 달라고 능청을 부렸을까? 왜 모르는 남정네의 청을 선뜻 들어줬을까?

나는 하늘이 맺어 준 필연이라고 생각을 한다. 이제는 매주 토요 걷기 모임에 30명 가까이 모여 건강 다지기와 우정 나누기를 하고 있으며 건강한 삶, 행복한 삶을 향해 전진하게 되었다.

숲길 걷기를 통해선 육체적 건강 충전을, 문화 공연과 감성 여행을 통해선 정신적 건강 충전을 추구하는 건강 플러스 행복이라는 아름답고도 의미 있는 우정의 스토리를 날마다 써 내려 가고 있다.

거친 숨을 몰아쉬며 힘들게 올라 잠간의 환희를 맛보기는 하지만 그렇게 산을 다녀오고 난 이후 무릎 통증을 호소하는 사람들이 늘어나는 요즈음 잘 닦여진 숲길이 우리 주위에 수없이 많은 것은 걷기 여행자에게는 최고의 선물이 되고 있다. 물 맑고 공기 좋은 곳에서 숲과 교감할 수 있으니 이것이 진정한 힐링이 아니겠는가!

이 아름다운 스토리를 책으로 엮어 출판하려고 하니 이 얼마나 뜻깊고 놀라운 일인가! 감회가 새롭다. 평소 세계 여행이 꿈이었지만, 싱그러움과 건강이 있는 숲길 걷기를 위해 그래서 뜻이 있는 10여 명의 친구들과 힐링 스토리를 재작년 5월 비공개로 만들게 되었는데 벌써 1주년 행사를 풍성하게 치렀고 지난 송년모임도 성대하게 치르다니 그저 감사할 뿐이다.

그곳에 가면 **행복**이 흐른다

산과 바다 그리고 낭만 여행을 주제로 숲길 걷기와 여행 그리고 문화가 어우러진 삼박자 센터, 힐링100클럽은 이렇게 탄생된 것이다.

앞으로의 바람이 있다면 힐링100클럽을 통해 다져진 우리들의 우정이 건강하고 행복한 삶을 위해 영원히 지속되었으면 하는 것이다.

영원하라, 힐링100클럽이여!

천상의 화원: 곰배령

힐링 스토리 개설 첫 여행지는 고심 끝에 천상의 화원이라 불리는 곰배령으로 계획을 세웠다. 낭만이 가득한 여행의 첫 걸음을 천상의 화원이라니 어쩐지 특별한 의미가 담겨 있는 느낌이지 않는가?

천상의 화원, 곰배령. 강원도 인제군에 위치해 있는 점봉산(1,424m) 정상부에서 남쪽으로 내려가는 능선에 자리한 곰배령은 곰이 누워 있는 듯한 형상이라고 한다.

이곳이 천상의 화원이라고 불리는 것은 봄부터 가을까지 피고 지기를 반복하는 야생화의 군락지이기 때문이란다. 점봉산 전체가 유네스코가 지정한 생물권 보호 지역이라 입산이 금지되지만 강선 계곡을 따라 약 5㎞를 생태 탐방로로 조성하여 하루에 허가된 신청자만 올라갈 수 있다.

어제는 18명의 회원들과 함께 다녀왔다. 하루 입산 허가제로 200명으로 제한되며 인터넷으로 예약을 받는데 개인이 허가를 받기는 하늘의 별 따기다. 하는 수 없이 곰배령 여행을 전문으로 취급하는 여행사를 통해서 다녀올 수밖에 없었다.

여행사 버스에 오르니 가이드가 반갑게 맞이해 주면서 김밥과 생수를 한 병씩 나누어 주었다. 식사를 하지 못하고 일찍 나온 사람들을 위한 배려라는 생각이 들어 감사한 마음으로 맛있게 먹었다.

가이드의 유머 넘치는 설명을 들으며 지루할 틈도 없이 곰배령에 도착을 했다. 탐방 센터에 신고를 하니 카드로 만든 입산 허가증을 주는데 갈 때 반납해야 한단다.

태고의 신비를 간직한 울창한 원시림은 숲 향기가 가득하며 거의 정상까지 원만한 길인 데다가 계곡의 시원한 물소리를 들으며 올라가는데 이름 모를 야생화가 지천으로 깔려 수줍은 듯 겸손하게 피어 있다.

푸르름이 가득한 숲속에선 맑은 공기로 녹색 샤워를 하니 발걸음도 가볍고 상쾌하기 그지없다.

2시간 정도를 걸었을까. 마지막 약간의 오르막길을 올라서자 광활한 곰배령이 한순간에 펼쳐졌는데 셀 수 없는 야생화가 피어 있고 손에 잡힐 듯 낮게 드리운 흰 구름의 풍광에 단번에 사로잡히고 말았다.

Photo by 김경희

이곳이 천상의 화원이 맞을까? 아니면 환상의 화원이 어울릴까? 병풍처럼 펼쳐진 설악산을 뒷배경으로 쉴 새 없이 찰칵. 곰배령의 절경에 힐링 삼매경 속으로 쏙 빠져 버렸다.

환희의 찬가가 나올 만큼 아름답고도 황홀한 곰배령에서 이렇게 힐링의 시간을 보내게 될 줄이야! 힐링 스토리에서의 첫 출발, 첫 여행지부터 우리들의 마음을 사로잡는다.

그곳에 가면 행복이 흐른다

명성산 억새꽃 축제

어제는 가을 정취를 제대로 느낄 수 있는 명성산에 27명의 회원들과 함께 다녀왔다. 보통 10월 중순부터 말까지 억새 축제가 열리는데 축제 기간이라 그런지 역시 사람들이 상당히 많았다.

길이 밀려 좀 늦게 도착한 감도 있지만 주차장은 만차이고 주차장에 들어가지 못한 승용차는 길가에다 길게 늘어서 주차를 해 놓았다. 하는 수 없이 안쪽 깊숙이 있다는 임시 주차장에 버스를 주차하고 내리니 품바들이 익살스러운 춤과 노래로 우리를 반긴다.

역시 노래와 춤이 있으니 흥이 저절로 난다. 음악에 맞추어 잠시 가볍게 몸을 흔들며 몸을 풀고 나니 몸도 가볍고 기분도 좋아졌다.

그런데 문제가 생겼다. 주차를 안쪽 임시 주차장에 주차한 관계로 등산로까지는 약 20분 정도 걸어가야만 되었다. 어쩔 수 없는 일. 등산로로 걸어가는 중 리딩을 자청한 한 회원이 이쪽으로도 올라가는 등산로가 있는데 약간 힘들기는 하지만 괜찮단다. 오! 참 다행이라는 생각이 들었고 대부분 차도로 가기를 꺼렸는지 그쪽으로 가자고 동의했다.

그런데 문제는 출발한 지 10분이 채 지나기도 전에 발생했다. 깎아지를 듯한 급경사에 대부분이 바위길. 등산 초보들이 오늘 많이 참석을 했는데 여기저기서 힘들다는 불평의 소리가 터져 나온다. 힐링을 위해 떠났던 억새꽃 축제가 힐링은커녕 초보자들에겐 너무나 힘들었던 난코스였기에 주최자의 입장에서는 난감한 일이 아닐 수 없었다. 앞에서 끌어 주고 뒤에서 밀어 주며 올라가는데 끝이 보이질 않는다.

한 시간여를 독려하며 올라가니 조그만 쉼터가 나타났다. 얼마나 반가운지. 가쁜 숨을 몰아쉬며 쉼터에 올라 숨을 가다듬고 뒤돌아서 앞을 보니 아득히 올라온 급경사를 배경으로 산정호수가 눈앞에 펼쳐지고 맑은 햇살 때문인지 은물결치는 산정호수가 포천 평야를 중심으로 일렁인다. 모두 다 일제히 "야호!" 힘들다고 투덜대던 소리가 단번에 환호로 바뀌었다.

그런데 기쁨도 잠시 아직도 한 시간여를 더 올라가야 억새 축제 장소에 갈 수 있단다. 단단히 마음을 먹고 또 다시 산행을 시작했는데 어찌된 일인지 두 사람이 보이질 않는다. 한참을 기다려도 올라오지 않고 전화도 안 받는다. 하는 수 없이 뒤따라 오겠거니 하고 올라가는데 마음에 걸린다. 옆에 있는 사람에게 물어보니 조금 전 전화 통화했다면서 리딩자가 맨 뒤에서 같이 온다고 알려 주니 마음이 놓였다.

한 시간여를 더 올라 목적지에 도착을 하니 민둥산의 그 넓은 곳에 활짝 핀 억새가 바람 따라 출렁이는데 그야말로 장관이다. 힘들게 올라왔던 고생스러움은 어느새 싹 가시고 감탄이 연발하는 기쁨의 도가니로 변해 버렸다.

그곳에 가면 행복이 흐른다

Photo by 김경희

　일단은 식사를 하기로 하고 돗자리를 펴고 음식을 먹는데 꿀맛이
다. 역시 이렇게 높은 산에 올라 먹는 식사는 누가 뭐래도 보약이
될 게 분명하다.

　식사 중 맨 뒤에 처졌던 두 사람이 뒤늦게 올라왔는데 몹시 힘들
었는지 상기된 얼굴로 성난 사자가 되어 따다다다 쏘아 댄다. 등산
초보자인 자기들만 떼어놓고 올라왔다면서 거의 울상이 되어 있었
다. 초보자들을 챙기지 못한 미안한 마음 때문에 더 이상 밥을 먹
을 수가 없었다.

　맨 뒤에서 처진 사람들을 챙겨서 오겠다던 리딩자는 미안했는지

다른 볼일이 있다며 곧 내려가겠단다. 뒤처져 올라온 두 사람은 친구들의 위로를 받고서야 글썽이던 눈물을 훔치며 그제서야 늦은 식사를 한다. 어쨌든 안심이다. 답사를 안 했던 결과로 이렇게나 톡톡히 값을 치르는 셈이 되었다. 즐거워야 할 식사시간이 어떻게 지났는지….

식사를 마치자 여러 회원들은 정상까지 다녀오겠단다. 대단하단 생각이 든다.

흐드러지게 핀 억새밭 사이로 사람 반 억새 반 물결을 이루는 가운데 모두 다 사진 찍기에 열심이다. 난 평생 이런 억새의 광경은 처음이다. 울긋불긋 꽃만 이쁜 줄 알았는데 빨간 단풍만 아름다운 줄 알았는데 오늘 보니 억새밭도 그에 못지않게 장관인 것이다. 내려오는 길은 원만한 내리막길인데 길가에는 단풍이 곱게 물들어 떠나가는 우리들을 환송해 준다.

오늘의 명성산 억새 축제는 평생 잊지 못할 추억이 될 게 분명하다.

산막이 옛길

산막이 옛길은 충북 괴산군 칠성면 사은리에 위치하며 우리나라 기술진에 의해 최초로 만들어진 수력발전소의 호수를 이용해 옛길을 복원하였다고 한다. 살랑살랑 불어오는 호수 바람을 맞으며 걸을 수 있도록 산책로가 조성되어 있어서 남녀노소 누구나 걷기 좋고 경치 또한 아름답기로 유명하단다.

또한 산막이 옛길이 끝나는 지점부터 충청도 양반길이 이어지는데 그 유명한 화양계곡, 선유계곡, 쌍곡계곡을 연결하는 8개 코스 총 85㎞를 고스란히 흙길로 조성하여 걷는 맛을 더해 준다.

태곳적 신비를 간직한 천혜의 자연경관과 함께하며 걷다 보면 저절로 힐링의 기분이 들 것 같다. 특히 산막이 옛길은 한국관광공사의 걷기 좋은 길로 선정되어 하루 수천 명에서 많게는 수만 명에 이르기까지 여행객들이 찾는다니 그 큰 인기가 실로 대단하단 생각이 든다.

이번 여행에 대하여 관심이 많아서인지 몰라도 처음으로 45인승 관광버스를 거의 만석으로 채운 채 괴산 산막이 옛길로 향했다.

일기예보로는 약간 쌀쌀할 거라고 했지만 생각보단 춥지 않았으며 맑고 쾌청한 날씨 덕분에 늦가을의 정취를 느끼며 걸을 수 있었다.

버스에서 내리자 입구에서부터 올라가는 길을 따라 산나물이며 버섯이며 지역 특산물을 판매하는 가게들이 길게 늘어섰는데 이것

또한 볼거리를 제공해 준다.

나지막한 언덕길을 지나는 동안 다양한 체험거리도 마련되어 있어서 어린이마냥 신나라 하는 모습을 보니 모두들 동심의 세계에 빠진 것 같다.

체험 코스를 따라 내려가는 길에 솔밭이 조성되어 있는데 사랑의 상징이라는 연리목이 줄기를 서로 감싸안은 채 가지를 뻗고 있고 남성을 상징한다는 성기목을 비롯해서 웃음 짓게 하는 소나무들이 여럿이 있다.

물속에 거꾸로 비친 앞산의 모습을 따라 유람선이 유유히 떠다니는데 출렁이는 물결 따라 일그러지는 앞산의 모습이 우스꽝스럽다.

선착장을 지나 조금 더 가면 정상으로 올라가는 등산 코스의 문이 있는데 문에다 산악회 리본을 얼마나 많이 붙여 놓았는지 꼭 영화에서 보던 네팔이나 티베트를 보는 것 같다.

호수의 모양이 한반도의 지도 모양이라는데 정상에 올라가면 한눈에 다 볼 수 있다고 한다. 그런 풍경 때문에 많은 등산객들로부터 더욱 사랑을 받는 것이 아닐까 생각이 든다.

한 시간여를 걸어 산막이 마을에 도착을 하니 여러 사람들이 지쳤는지 목적지인 연육교까지 가기를 포기하고 예약해 놓은 식당으로 쏙 들어가 버린다.

그렇지만 또 한편의 사람들은 피곤도 아랑곳하지 않고 호수 길을 따라 이어진 숲길을 걸으며 깊어가는 늦가을의 정취를 마음껏 느끼고 있다.

힐링 스토리의 정기 여행은 이렇게 여유를 즐기려는 사람들과 하나라도 놓치지 않으려는 사람들로 인해 이어지고 있는 것이다.

한라에서 설악까지 눈꽃 트레킹: 한라산 성판악 코스

한라에서 설악까지 겨울 눈꽃 트레킹을 즐기기 위해 테마 여행 프로젝트를 계획하고 그 첫 일정으로 제주를 찾았다. 원래 추위를 많이 타는 편이라 겨울에 밖에 나간다는 것은 대단한 용기가 필요했지만 모험을 해 보기로 했다. 이렇게 모험을 하게 된 동기는 3년 전에 자전거로 제주 일주를 돈키호테식으로 감행해서 성공적으로 완주한 경험이 있었는데 그것이 큰 힘이 되었다.

이번 제주 여행은 답사도 겸하지만 한라산 트레킹을 주목적으로 그 주변에 있는 절물자연휴양림을 돌아보는 3박 4일 일정으로 진행하였다.

설산은 뭐니 뭐니 해도 한라산이라는 여러 추천인의 설명을 듣고 설레는 마음으로 제주를 찾았는데 뜻밖의 행운을 얻게 되었다.

전날까지 늦가을의 따뜻한 날씨였다는데 숙소에서 하루를 자고 나니 새벽부터 많은 눈이 내리기 시작한 것이다.

먼저 친구가 소개해 준 한라산 게스트하우스에 여장을 풀었는데 이곳은 성판악과 영실까지 셔틀을 운영하는 것은 물론 등산객들을 위해 산행 설명회를 매일 저녁 개최하여 한라산을 찾는 등산객들에게 필요한 정보를 제공해 주었다.

한라산 트레킹은 처음인 데다가 겨울 산행이 처음인 나에게는 산행 설명서가 불안을 불식시키고 할 수 있다는 용기와 힘이 되어 주었다.

이런 장점 때문에 이곳을 찾는 젊은 사람들이 많았으며 한 달 전에 미리 예약을 해야 할 만큼 인기가 높다고 한다.

한 시간 정도 산행 설명회를 듣고 8인실로 꾸며진 도미토리실에 들어가 잠을 청해 보지만 게스트하우스에서 자는 것이 익숙지 않은지 잠을 설치다가 12시가 넘어서야 가까스로 잠들 수 있었다.

새벽에 눈을 떠 준비를 하고 간단하게 간식을 먹고 있는데 벌써 출발을 한다고 버스 기사로부터 전화가 왔다. 배낭을 메고 서둘러 버스에 오르니 45인승 대형 버스가 만석이다.

숙소에서 준 김밥 두 줄 중 한 줄은 차내에서 먹고 한 줄은 배낭에 넣어 어제 설명해준 대로 진달래 대피소에서 컵라면과 함께 먹기로 했다.

그런데 성판악에 도착을 하니 눈이 너무 많이 내려 백록담 정상은 통제가 되고 진달래 대피소까지만 갈 수 있다고 탐방 센터에서 방송을 한다. 오히려 잘됐다는 생각도 들었다. 한라산 초행길의 초보가 백록담까지는 아무래도 무리일 거라는 생각에서다.

채비를 단단히 갖추고 동행한 사람들과 오르길 시작하는데 눈이 상당히 많이 내린다. 그리고 날씨 또한 제주 날씨로는 이례적으로 영하 5도를 가리키는데 세찬 바람 때문에 체감 기온은 영하 10도는 더 되는 것 같다.

초반 30분 정도 거친 돌밭을 밟고 올라가는데 다리에 무리가 오는 듯한 느낌이 들 정도로 긴 돌밭이 계속 이어졌다.

돌밭을 벗어나 올라가니 삼나무 군락지가 나타나고 추운 날씨의 영향인 듯 내리는 눈이 그대로 얼어붙어 눈꽃을 만들어 내는데 추

그곳에 가면 *제독*이 흐른다

천인의 말이 실감이 된다. 이렇게 직접 설경의 아름다움을 눈으로 목격을 하니 벅찬 감동이 밀려온다. 겨울산행 첫 트레킹인 한라산에서부터 이런 장관을 보게 될 줄이야….

체감 기온 영하 10도의 추운 날씨와 세찬 바람, 눈보라로 인해 많은 사람들이 걱정했지만 오늘 신께서 나에게 최고의 설경을 선물로 값없이 주신 것이다.

세찬 바람이 쉭 하며 노래를 하고 눈보라는 신이 나 덩실덩실 춤을 추며 나무들도 손 흔들어 기쁨으로 환영하고 화려한 눈꽃 천사들은 두 팔 벌려 축복하는 그야말로 동화 속 환상의 나라로 인도해 주셨다.

오늘 대부분의 등산로가 통제되었지만 다행이 성판악은 열려 있어서 그런진 몰라도 눈꽃 산행을 즐기려는 사람들이 정말 많다.

성판악에서 중간 대피소를 지나 갈림길인 진달래 대피소로 가는 길과 사라오름 전망대로 올라가는 길에서 머뭇거리는데 한 등산객이 사라오름 전망대로 갈 것을 추천해 준다.

오늘 목적지가 진달래 대피소이고 거기서 컵라면을 사서 하나 남긴 김밥과 함께 먹기로 마음먹었지만 추천해 준 등산객을 믿고 계단으로 만들어 놓은 가파른 데크를 따라 전망대 쪽으로 올라가는데 앙상한 가지와 잎새마다 피어난 눈꽃이 참으로 환상이다.

연신 카메라 셔터를 누르면서도 손 시린 줄도 모른다. 약 20분 정도 올라서자 한순간에 펼쳐진 드넓은 사라오름의 분화구가 짠 하고 나타나고 산정호수를 둘러친 나무들마다 흰 눈꽃이 활짝 피었는데 장관, 장관이다.

이때의 감동은 꿈속에서도 나타날 정도로 강한 인상을 주었으며 겨울산행을 즐기는 계기가 되어 버렸다.

울긋불긋 꽃대궐의 아름다움도 초록이 눈부시도록 반짝이는 싱그러움도 빨간 단풍으로 온 산을 물들인 신비스러움도 오늘 내 앞에 펼쳐진 이 설경의 아름다움이란…. 추천해 준 등산객에 무한 감사를 드린다.

전망대에 올라서니 눈앞에 백록담이 손에 잡힐 듯 가까이에 있고 깎아지를 듯 펼쳐진 한라산의 눈 쌓인 모습을 넘어 멀리 바다까지 파노라마처럼 펼쳐지는데 황홀하다는 말밖에 표현할 방법이 없다.

게스트하우스에서는 한라산을 찾은 고객들의 산행 수준을 고려해서 오후 3시, 4시, 5시, 세 차례 셔틀버스를 운행하고 있었는데 나

는 추위와 세찬 바람을 고려해서 3시 셔틀을 타기로 마음먹었다. 셔틀은 성판악 주차장에 대기하기로 되어 있어서 이 멋진 풍광을 마음에 담고 하산을 서두른다.

그런데 세상에나! 올라올 때 그렇게 괴롭히던 돌밭이 20㎝ 이상 내린 눈에 온데간데없어져 버렸다. 감사한 마음으로 셔틀에 올라 다음엔 꼭 백록담에 오르리라 다짐해본다.

한라에서 설악까지 눈꽃 트레킹:
절물오름

한라산 게스트하우스에서는 한라산 셔틀만 제공하는 것이 아니라 한라산 트레킹을 마치고 다음 날 돌아가는 고객들의 편의를 위해 주요 관광지를 무료로 운행하는 서비스도 제공해 주었다. 하루 숙박 28,000원인데 2박을 할 경우에 한해서지만 교통편이 마땅치 않는 오지에서 고객을 생각하는 업체의 마음이 참으로 고맙게 느껴졌다.

어제 5시간 이상의 눈꽃 트레킹 후에는 지난밤과는 달리 단잠을 잘 수 있었다. 업체에서는 공동으로 사용되는 도미토리의 특성상 오후 11시면 소등을 하도록 했으며 방에서는 전화통화도 할 수 없도록 방침을 정해 놓았다. 그래서 그런지 다들 일찍 자고 일찍 일어났다.

그리고 한라산 등산이 주목적이다 보니 서로 상대방을 배려하는 마음이었다. 오늘 셔틀은 봉고차로 운행을 하는데 오전 8시에 출발하기에 마음은 느긋했다.

받은 김밥은 그냥 배낭에 넣고 차에 올라 가까운 거리에 있는 절물자연휴양림에 내린다. 어제에 이어 눈꽃 트레킹을 즐겨 본다. 벌써 삼 일째 많은 눈이 내리고 있어서 그런지 거의 30㎝는 쌓여 있는 것 같다. 아직 매표소 문이 안 열렸지만 직원들은 다 나와서 눈 치우기가 한창이다.

매표 시간까지는 30분 정도 시간이 있기에 매점에 들어가 라면과 어묵을 주문해서 가져온 김밥과 함께 맛있게 먹고 시간에 맞추어 입장을 했다. 숲길은 설차를 이용해 깨끗이 눈을 치우는데 아쉬운 마음에 그냥 두면 좋겠다는 생각을 해 본다. 우거진 숲길을 걷는데 삼나무 가지에 쌓인 눈이 무거운지 가지가 늘어져 있고 불어오는 바람 따라 흩뿌려지는 눈 알갱이들이 햇살을 받아 반짝반짝 빛나는 것이 보석이 날리는 듯하다.

제주도는 세계 7대 자연경관에 속하는 만큼 비경을 꼽는다는 것 자체가 이상한 것이다. 쭉쭉 뻗은 삼나무 숲으로 군락을 이루고 있고 11㎞ 둘레길을 따라 3시간 반 정도 알맞게 걸을 수 있는 절물오름(697m)을 올라서면 한라산을 코앞에서 볼 수 있어서 그런지 많은 사람들이 아침부터 오르고 있다.

삼나무 숲길은 설차가 눈을 계속 치우면서 다니지만 오름은 설차가 다닐 수 없어 그대로 쌓인다. 스패츠가 없었다면 갈 수 없을 정도로 발목 이상으로 푹푹 빠지는데 왜 이렇게 재밌는지 모르겠다. 걸음은 느려지고 오르기는 힘들어도 그런 건 전혀 문제가 되지 않았다. 구불구불 이어진 길을 따라 올라가니 산 정상의 능선이 나타나고 길게 이어진 능선을 따라 전망대가 나타났다. 전망대에 올랐지만 내리는 눈에 가려 한라산은 보이질 않는다.

절물오름에는 분화구가 두 개가 있고 전망대도 두 개가 있어서 동서남북을 관찰하는 데 아주 좋은 것 같다. 서쪽으로 성산일출봉, 북쪽으로 제주시와 관탈섬, 비양도, 추자군도 등등 대부분 관광 명소를 조망할 수 있는 이곳이야말로 주저 없이 최고라고 추천한다.

내가 여기 오기 전까지 따뜻한 날씨였다는데 도착 후 3일째 계속 눈이 내리고 영하로 강추위지만 이렇게 기분 좋을 수가 없다. 이번 제주 여행은 아름다운 눈꽃으로 둘러싸인 환상의 제주를 만끽하게 되었다.

입장료 1천 원을 내고 정문을 통과하면서부터 이어진 명품 삼나무 숲길은 자연 치유 효과가 있는 피톤치드가 많이 발생하는 것으로 유명하다. 겨울에도 그 푸르름이 변치 않는 숲길을 걷는 자체로 기쁨이 되었고 한없는 힐링의 시간이 되었다. 그리고 눈꽃 추억이 가득한 이 멋진 곳을 2월 18일 친구들과 다시 올 계획이다. 그때도 지금처럼 눈이 왔으면 좋겠다는 기도를 드리고 제주 눈꽃 여행을 마친다. 발목까지 눈이 빠져서 뽀드득 뽀드득 들리는 소리로 어릴 적 듣던 아름다운 노랫소리 같은 환희의 발자욱을 남기면서 말이다.

한라에서 설악까지 눈꽃 트레킹:
태백산

　겨울 눈꽃 여행의 진수를 맛볼 수 있는 태백산 트레킹을 다녀왔다. 태백산 등산 1코스인 유일사 매표소에서 시작해 유일사 쉼터, 주목 군락지를 거쳐 정상인 장군봉과 영봉을 통과해서 당골광장으로 내려가는 코스로 약 4시간 정도 걸려 마칠 수 있었다. 태백산은 1,500m가 넘는 높은 산이긴 해도 트레킹이 시작되는 유일사 주차장이 900m 고지에서 시작되며 경사도가 완만하고 대부분 흙길로 이루어져 남녀노소 누구나 오를 수 있다.

　특히 겨울철이면 주목과 어우러진 눈꽃 상고대의 설경은 전국 최고로 알아준다. 그리고 신년 해맞이 일출과 낙조의 명소로도 유명해 연말연시 작품을 품으려는 사진작가들의 마음을 사로잡는 곳이기도 하다. 또한 해마다 1월이면 당골광장에서 펼쳐지는 눈꽃 축제를 보기 위해 수많은 관광객이 몰리는 눈조각 명소이기도 하다. 어제는 눈꽃 설경을 보기 위해 새벽에 출발하는 태백산 눈꽃 임시 셔틀에 친구들과 함께 설레는 마음으로 올랐다. 지난 한라산 산행 시 산정호수에서 보았던 눈꽃의 아름다움에 홀딱 반해 버렸기에 한동안 눈꽃을 보기 위해 전국 유명산을 두루 다녀왔다.

　오전 10시경 유일사 주차장에 내리니 발목까지 쌓인 흰 눈이 가장 먼저 반겨준다. 스패츠와 아이젠을 차고 올라가려고 매표소에 가니 태백산이 국립공원으로 지정되어 이제부터는 무료 입장이란다. 얼마 안 되는 입장료지만 아무튼 기분이 좋다.

처음에는 좀 가파른 넓은 길을 올라가는데 눈꽃이 보이질 않아 약간 실망이다 싶었는데 유일사 쉼터에서부터 눈꽃 상고대가 펼쳐진다. 발걸음이 떨어지질 않는다. 감탄과 함박웃음 속에 모두들 사진 찍기에 열심이다. 쉼터에서 잠시 쉬어 가기로 하고 보온병에 담아온 누룽지 죽을 먹는데 기가 막힌 맛이다.

조금 더 올라가니 주목 군락지가 나타나고 주목과 어우러진 눈꽃 설경은 아름답다는 표현을 넘어 경이롭기까지 하다. 걷기와 사진 찍기를 반복하며 올라가니 힘들이지 않고 정상인 장군봉에 도착을 했다.

앞서 도착한 사람들은 장군봉과 태백산 표지석에서 인증 샷을 찍느라고 야단법석이다. 하얗게 펼쳐진 눈꽃 세상 위로 파란 하늘이 반갑게 손짓하고 문주봉으로 이어지는 능선을 따라 눈안개가 파란 공간을 휘몰아치는 바람 따라 흩뿌리는데 오, 세상에! 오, 신비로움이여! 오, 경이로움이여! 오, 신이시여! 영광을 받으옵소서. 저절로 경배를 드리게 된다. 한동안 넋을 잃고 눈꽃 삼매경에 쏙…

태백산은 1986년 5월 18일 도립공원으로 지정되었다가 2016년 22번째로 국립공원으로 지정되었다. 천제단이 있는 영봉(1,560m)을 중심으로 북쪽으로 장군봉(1567m)과 동쪽에 문수봉(1,517m) 등으로 이루어졌으며 최고봉은 함백산(1,572m)이다.

한강의 발원지인 검룡소가 있으며 풍부한 문화 자원과 야생화 군락지인 금대봉-대석산 구간이 있고 살아 천년 죽어 천년 간다는 주목 군락지인 만항재, 장군봉, 세계 최남단 열대어 서식지인 백천계곡 등이 있어 다양하고 뛰어난 생태의 보고다.

그곳에 가면 행복이 흐른다

한라에서 설악까지 눈꽃 트레킹: 함백산 그리고 만항재

한라에서 설악까지 테마 여행 네 번째 코스로 눈꽃으로 유명한 함백산 만항재에 다녀왔다.

쭉쭉 뻗은 침엽송에 마치 성탄 트리를 장식한 것 같은 아름다움을 성탄절을 며칠 앞둔 시점에서 보니 최고의 성탄 선물을 받은 기분이 든다. 시간과 물질을 들여 다녀오기를 참 잘한 탁월한 선택이라는 생각이 든다.

함백산은 조선 영조 때의 실학자 여함 신경준이 동서남북으로 뻗친 대간과 지맥의 분포를 살펴 저술한 책에 '대박산'으로 기록되어 있다. 이 기록에는 상함박, 하함박 등으로 나오는데 왜 함백산으로 바뀌었는지는 알 수가 없으나 태백, 대박, 함백이라는 말은 모두 크게 밝다는 뜻이란다. 함백산은 동남부의 최고봉이다. 이 지역은 태백산, 백운산, 가리왕산, 매봉산 등을 품고 있어 동해 일출이 가능한 일출 명소이기도 하단다. 함백산은 천연 보호림으로 지정된 곳에는 매우 오래된 주목 수백 그루가 있으며 겨울철 설원에서 펼쳐지는 주목 군락지는 눈꽃 트레킹의 백미로 꼽힌다. 특히 함백산은 야생화의 천국으로 국내 최대 규모로 군락을 이룰 뿐 아니라 종류도 헤아릴 수 없을 정도로 많아 몇 번을 방문해도 늘 새로움을 기대하고 찾아온다고 한다.

또한 만항재는 우리나라 포장도로로는 가장 높은 1,300m 고지에 위치하고 영월의 정선군과 경계로 버스 여행이 가능해서 누구에게나 인기가 높은 곳이기도 하다.

여느 때와 마찬가지로 잠실에서 출발하는 셔틀을 이용해서 만항재로 향하는데 가는 내내 버스 기사님이 걱정을 한다. 눈이 많이 내려 길이 통제될 수 있다는 것이다. 다행히 강원도태백에 도착해서 함백산 쪽으로 올라가는데 눈 치우는 차량의 수고가 있었던지 도로에는 말끔히 눈이 치워져 별문제 없이 만항재에 도착을 했다.

추운 날씨로 차창에 낀 성에로 인해 밖을 못 봤었는데 버스에서 내리자 눈앞에 펼쳐진 상고대의 눈꽃 세상은 그동안 보아왔던 한라산이나 태백산에서 보던 것하고는 비교가 불가능한 장관이 펼쳐졌다. 입이 쩍. 감탄과 탄성이 저절로 나왔다. 이렇게 아름다운데 어떻게 표현할 방법이 없다는 게 안타까울 따름이다. 같이 간 친구들도 처음으로 보는 놀라운 설경에 펄쩍펄쩍. 이렇게 아름다울 수가 있을까? 수백 그루는 되어 보이는 침엽수림에 눈꽃이 활짝 피었는데 그야말로 장관이다. 매점을 운영한다는 사장님이 한 말씀. 십 년 넘게 이곳에서 매점을 운영했는데 올해같이 멋지게 눈꽃이 핀 것은 처음이란다.

그곳에 가면 행복이 흐른다

 벅찬 가슴을 진정시키며 사진을 찍어 대는데 시간 가는 줄도 모른
다. 이렇게 멋진 설경을 다시 볼 수 있을까? 친구들과 다음을 기대
하며 서울로 귀경하면서도 흥분이 가라앉지를 않는다.

한라에서 설악까지 눈꽃 트레킹: 설악산과 속초중앙시장

제주 눈꽃 여행을 잘 마치고 귀경을 했다.

이번에는 설악산으로 여행지를 정했는데 강원도에도 눈이 많이 왔다고 반가운 소식이 들린다. 겨울 눈꽃 산행을 즐기고 어릴 적 동경하며 꿈꿔 왔던 겨울왕국의 신비스러움을 체험코자 꿀맛 같은 겨울 휴가를 즐기고 있다. 제주에서의 감동이 채 가시기도 전에 설명이 필요 없는 설악산으로 향한다.

이번 눈꽃 트레킹은 집 근처인 잠실에서 출발하는 5대 눈꽃 셔틀이 있기에 접근하기가 쉬웠다. 여행사에서 취급하는 이 셔틀은 소셜 커머스 사이트에서 구매하면 아주 저렴하게 이용할 수 있어서 좋다. 설악산, 태백산, 함백산, 소백산, 덕유산 등으로 출발하는데 왕복 3만 원 정도로 이용할 수 있다.

이번 설악산 셔틀은 직접 설악산으로 가는 것이 아니라 속초중앙시장에 들러 점심을 먹고 가는 일정으로 짜여 있었다. 마침 속초에 가면 오징어 순대를 꼭 먹어 보리라 벼르고 있었기에 아주 잘된 일정이라는 생각으로 신청을 했다.

속초중앙시장에 도착해서 시장으로 들어갔는데 어찌나 사람이 많은지 걸을 수 없을 정도다.

닭강정이니 씨앗호떡이니 여러 가지가 이 시장에서 유명하단다. 그렇지만 원래 꼭 먹고 싶었던 오징어 순대를 시켜서 한입을 먹는다. 오징어 맛이 제대로 나는 것이 입맛을 돋운다. 그런데 일 인분을 다 먹고 나니 뭔가 느끼하단 생각이 들어 그냥 시장을 나갈 수 없었다.

이곳저곳을 기웃거리며 지나가는데 막국수집이 보인다. 매콤하게 한다는 막국수집에 들어가서 한 그릇 먹고 나니 그제서야 진정이 된다.

점심을 맛있게 먹고 설악동으로 향하는데 주말이라 그런지 많이 막힌다. 그렇지만 막히는 게 뭐가 대수인가. 설악동 매표소에 도착해 표를 끊고 안내 센터에 들어가서 자문을 구했다.

케이블카를 타고 권금성으로 올라가는 코스와 울산바위 코스, 대청봉 코스, 그리고 45년 만에 개방했다는 토왕성 폭포 코스를 안내해 주었다.

그런데 케이블카는 최소 1시간 이상 기다려야 탈 수 있고 대청봉 코스나 울산바위 코스는 시간상 어렵단다. 하는 수 없이 초보자도 무난히 오를 수 있다는 토왕성 폭포 코스를 안내받고 걷기를 시작했다. 그동안 많은 눈이 내렸지만 워낙 많은 사람들이 지나다 보니 눈길이 반질반질하고 매우 미끄럽다. 얼른 아이젠을 차고 다리를 건너 왼쪽에 큰 개울을 끼고 명상의 길을 지나 평평한 길을 따라 약 30분 정도 가니 계곡길을 따라 올라가는 길이 보인다. 계곡의 물은 빙벽을 만들어 보석처럼 빛나고 위로는 케이블카가 덜컹거리며 지난다.

원만한 오르막길이 계속 이어지더니 폭포를 눈앞에 두고 상당히 가파른 길이 위험해 보였지만 조금 더 힘을 내 본다. 헉헉대는 숨을 몰아쉬며 목적지에 도착하니 거대한 폭포는 얼음덩어리가 되어 꿈쩍도 안 한다. 아! 이럴 땐 겨울보단 가을이나 여름이 좋겠단 생각이 들었다.

　오늘 설악산 눈꽃 트레킹은 아쉽게도 눈꽃은 없었지만 눈 쌓인 설악산을 내 마음에 품고 올 수 있었다. 그래서 내년 겨울에는 사랑하는 친구들과 눈꽃 트레킹을 즐기면서 우정도 나누고 짧은 이야기지만 긴 감동의 멋진 추억 여행을 해 보고 싶다는 간절한 소망이 생겼다.

서울 시티투어버스:
한옥마을, 인사동, 남산, 명동,
남대문, 동대문역사문화공원

문화와 교육, 정치와 경제의 중심인 우리나라 수도인 서울의 모습을 담아 보자.

연 평균 1천만 명의 관광객이 찾을 만큼 세계적인 문화도시인 서울에서 가장 쉽고 저렴하게 즐기는 첫 번째 방법은 역시 서울 시티버스 투어다. 시간의 제약을 덜 받으면서도 편리하고 다양하게 즐길 수 있기 때문이다.

특별한 계획을 세우지 않아도 알아서 목적지까지 데려다주는 건 물론 시간을 재촉하지도 않는다.

서울 파노라마 코스, 도심, 고궁 코스, 야경 1코스, 야경 2코스 등 네 종류로 운영되는데 도심을 가로지르며 다양한 볼거리, 즐길 거리, 체험거리, 쇼핑을 즐길 수 있다.

두 번째는 권역별로 나누어 지하철 투어를 들 수 있다. 서울 구석구석 안가는 곳이 없는 지하철은 요금도 저렴하고 정확하고 빠르다는 장점이 있다. 한 장의 티켓으로 모든 노선의 환승이 가능할 뿐 아니라 버스도 이용할 수 있는 장점이 있다.

세 번째는 걷기 투어이다. 가장 쉬우면서도 가장 어려운 투어이지만 걷겠다는 의지만 있다면 신구의 조화를 속속들이 볼 수 있다는 장점이 있다.

네 번째는 자가용이나 택시를 이용하는 투어인데 추천을 안 한다. 그 이유는 서울의 교통은 버스전용차로 우선으로 되어 있어 도심에서는 어디를 가든 많이 막히는 것은 물론 주차하기도 어렵기 때문이다.

나는 주로 동서남북 권역별로 나누어 지하철을 이용해 걷기 여행을 하는데 관광지 대부분이 한곳에 몰려 있고 지리를 잘 알기 때문이다.

서울의 대표 관광명소를 권역별로 나누어 보면서 이야기를 진행해 보기로 하자.

그 첫 번째는 뭐니 뭐니 해도 궁궐 투어를 꼽을 수 있다. 조선 시대의 멋과 미, 조선 건축의 정교함을 고스란히 맛볼 수 있을 뿐 아니라 궁궐의 대부분이 한쪽으로 몰려 있기 때문이다. 광화문을 중심으로 조선시대 가장 오랫동안 정궁으로 사용되었던 경복궁을 비롯해서 종로의 창덕궁과 창경궁, 그리고 잊힌 궁궐이지만 5대 궁궐 중 하나인 경희궁, 대원군의 사저로 고종과 명성황후가 가래를 올렸던 운현궁, 시청 앞의 덕수궁에 이르기까지 굳이 차를 가지고 다닐 필요 없이 걸어서 여행하기도 쉽다. 또한 궁궐을 중심으로 100년 이상의 전통한옥의 고풍스러움을 그대로 간직한 북촌한옥마을과 서촌한옥마을을 비롯해서 요즈음 가장 뜨고 있는 익선동 한옥마을에 이르기까지, 여기에 외국인들의 필수 코스가 되어버린 인사동까지 볼거리가 넘쳐난다.

특히 한옥마을의 겉모습과 뼈대는 그대로 남겨두고 내부를 현대식으로 아기자기하게 꾸며낸 모습이 주위의 고층 빌딩들과 어울려 과거와 현대가 공존하는 색다른 콜라보를 연출해 준다. 카페, 분식집, 꽃가게, 화랑, 전시실, 옷가게, 레스토랑, 게스트하우스, 호프집, 장난감 가게, 한복 대여점 등등 있을 건 다 있는 골목 투어의 진수까지 다 누릴 수 있다.

추운 겨울에도 한복 대여점이 성황을 이루는 것은 고궁을 찾는 대부분의 관광객들이 우리의 전통 한복을 곱게 차려 입고 관광하기 때문이다. 그리고 궁궐마다 다양한 프로그램을 진행하는데 그중에서도 수문장 교대식은 큰 볼거리이며 외국인들을 위한 해설사 동행은 우리 궁궐의 아름다움을 외국인들에게 알리는 좋은 기회라 생각이 든다. 2~3일 투어를 할 예정이라면 4대 고궁 전용 통합 티켓을 구입하면 더 저렴하게 즐길 수 있다.

서울 시티투어 넘버원은 역시 남산이다. 우리나라를 찾는 외국인 관광객들이 가장 가고 싶어 하는 곳 1위이기 때문이기도 하지만 남산 N타워에 오르면 서울 도성을 중심으로 동서남북 모두를 조망할 수 있고 맑은 날이면 멀리 인천 앞 바다까지 보인다. 더구나 밤이면 불야성을 이루는 서울의 야경은 밤 풍경의 진수다. 애국가에도 나오는 남산의 저 소나무 숲은 이곳의 자랑이다. 남산을 빙 둘러서 걷기 좋은 둘레길은 누구나 산책하기 쉽도록 잘 조성되어 있고 특히 가을 단풍의 아름다움은 어디에도 빠지지 않는다.

조선 시대 대감들의 저택으로 사용되던 고택을 그대로 보존하고 있는 남산한옥마을에는 외국인 관광객들이 끊이질 않고 매주 전통 공연을 진행하고 있어 관객들의 사랑을 듬뿍 받고 있다. 특히 설날에는 큰 가마솥에 떡국을 끓여 무료로 나누어주는 행사도 하는데 긴 줄에 서서 받아 맛있게 먹었던 추억은 새해마다 빠지지 않는 단골 스토리가 되었다.

밤이나 낮이나 수많은 관광객들로 넘쳐나는 서울의 대표 쇼핑 천국인 명동을 비롯해서 남대문시장, 동대문시장, 청계천, 동대문역사문화공원으로 이어지는 투어 루트는 관광객들의 마음을 빼앗기에 충분하다.

또한 국내외 걷기 여행자를 위한 서울 둘레길은 서울을 한 바퀴 돌 수 있는 8개 코스로 총 연장 157㎞로 조성되어 서울의 역사, 문화, 자연 생태 등을 스토리로 엮어 느끼고, 배우고, 체험할 수 있다. 제주 올레의 특징이 마을과 마을 골목과 골목, 산과 오름, 바다와 숲을 연결한 것이라면 서울 둘레길은 숲길, 하천길, 마을길, 성곽길로 연결되어 곳곳에 휴게시설과 북카페, 쉼터를 만들어 누구나 쉽고 자연스럽게 접근할 수 있도록 만들어져 맘만 먹는다면 집 근처에서 숲속 신선한 공기를 마시며 건강 충전과 힐링을 할 수 있다는 것이다.

특히 힐링100클럽에서는 남성 대표 임기호 캡틴의 리딩으로 여성 대표 김혜영 캡틴과 협력하여 2월부터 서울 둘레길을 올해 안에 완주하는 것을 목표로 하고 있다.

그곳에 가면 행복이 흐른다

남산 둘레길 소나무 힐링 숲

외국인이 가장 가 보고 싶어 하는 1순위 남산에는 서울에서 걷기 좋은 곳 중 하나인 남산 둘레길이 있다.

남산 둘레길은 약 7.5km 정도 되는 구간으로 되어 있는데 빙 둘러서 한 바퀴 돌 수 있도록 만들어져 있다. 서대문에 있는 안산과 비슷한 지형이지만 좀 더 길다. 특히 도심 한가운데 위치하고 있기도 하지만 명동에서 올라오기도 쉬워 주말이면 피로연을 마친 사람들이 삼삼오오 모여 정장 차림에 구두를 신고 산책하는 경우도 많다.

또 가을 단풍은 전국 어디에도 뒤지지 않을 정도로 곱고 아름기로 유명한데 늦가을까지 붉은 단풍을 볼 수 있어서 다른 곳 단풍여행을 놓쳤다면 이곳을 강력히 추천한다.

남산이 이렇게 시민들로부터 많은 사랑을 받는 이유는 오래전 자동차가 다니던 넓은 길을 보행자 전용도로로 만들어서 시민들에게 되돌려 주었기 때문이다.

또 대전 계족산 황톳길처럼 한쪽편에 황톳길을 만들어 놓아 맨발로 걸을 수 있도록 하였는데 겨울철에는 덮개로 덮어 놓아 맨발걷기는 할 수 없다.

어제는 보슬비가 촉촉이 내리는 가운데 3호선 충무로역 3번 출구로 나와 남산 한옥마을에서 시작하여 둘레길을 걸었다. 비를 한껏 머금은 숲길을 걸을 때 숲 내음이 코끝을 자극하고 활짝 핀 꽃의 향연에 코끝을 벌렁이며 기쁘게 걷고 나니 기분이 참 상쾌해졌다.

평소 다니던 대로 왼쪽 길로 들어서 한참을 걷는데 소나무 숲이 우거져 산림욕 프로그램을 한다는 소나무 힐링 숲이 나왔다. 그런데 개장을 했다는 소나무 힐링 숲이 굳게 닫혀 있어서 들어가질 못했는데 검색을 해 보니 예약제로 하루 두 차례 20명씩만 인터넷으로 예약을 받는다고 한다. 이번 주 토요일과 다음 주 토요일은 이미 예약이 완료된 상태라 다음을 기약할 수밖에 없게 되었다. 그렇지만 이런 것이 뭐 대수인가? 그냥 숲길을 걸으면 되는 것을….

조금 더 걷다 보면 석정호를 만날 수 있는데 이곳은 오래전부터 국궁을 즐기던 곳이란다. 지금도 동호인들이 모여서 활을 쏘고 있는데 그곳에 들어가서 구경할 때는 조용히 관람하는 것이 예의이다. 이곳을 빠져나와 조금 더 가면 넓은 포장도로 구간의 산책로가 끝나고 남산 N타워로 올라가는 버스길을 마주한다. 정장 차림의 말쑥한 신사라면 여기서 전기버스를 타고 N타워까지 가서 즐기다가 외국인들이 많이 이용하는 케이블카를 타고 내려오면 반나절 하이라이트를 지내는 셈이 된다.

위쪽으로 조금 더 올라가면 둘레길과 한양도성 순성길을 만나는데 순성길은 가파른 계단을 타고 올라가는 길로 연결되어 있고 둘레길은 여기부터 둘레길다운 숲속 흙길인 오솔길을 걸을 수 있다. 오솔길을 20여 분 걸으면 남산 야외 식물원을 만날 수 있는데 연못도 있고 졸졸졸 흐르는 인공 개울물도 있고 사진 찍기 좋은 포토존이 많아 그냥 지나칠 수 없는 멋진 구간이다.

잘 닦여진 절반 포장도로와 절반 흙길인 오솔길을 마치니 휴식 포함 약 3시간 정도 걸렸다. 여기서 끝내고 남대문이나 명동으로 내려

그곳에 가면 *행복*이 흐른다

가서 맛집 투어를 할 수도 있는데 오늘은 운치 있는 빗길을 좀 더 걷고 싶었다. 둘레길 시작점인 안내 센터를 조금 지나면 멋스러운 외관의 '목면 산장'이 있는데 방송에도 여러 번 나와 외국인들도 많이 오는 명소가 되었단다. 나도 전에 와서 여러 번 먹어봤는데 특히 산채 비빔밥이 맛있었다. 그런데 식사 시간에는 기다리는 사람들이 많아 오늘은 그냥 지나쳤다. 지났던 길을 따라 1시간여를 더 걸어 비안개로 운치를 더한 안개 낀 장춘단 공원을 만나니 오래전 데이트를 즐겼던 추억의 장소를 지난다는 좋은 추억에 흔들리는 설렘으로 얼굴이 괜스레 붉어진다.

한양 도성 성곽길과 낙산공원

한양 도성은 조선 왕조 도읍지인 한양의 경계를 표시하고 왕조의 권위를 드러내며 외적의 침입을 막기 위해 축조된 성이다.

1396년 태조 5년에 북한산, 낙산, 남산, 인왕산의 능선을 따라 쌓은 이후 여러 차례 고쳤으며 평균 높이 약 5~8m, 전체 길이 약 18.6 ㎞에 이르는 규모이다. 특별한 기계가 없던 시기에 이런 도성을 쌓았다는 것도 놀라운 일인데 더 놀라운 건 한양 도성은 전 세계의 도성 중 가장 오래도록(1396~1910, 516년) 성의 역할을 다한 위대한 건축물이라는 점이다.

한양 도성의 성벽에는 낡거나 부서진 것을 손보아 고친 역사가 고스란히 남아 있으며, 성벽돌에 새겨진 글자들과 시기별로 다른 모양을 통해 축성 시기와 축성 기술 발달 과정을 잘 알 수 있다.

한양 도성에는 사대문(흥인지문, 돈의문, 숭례문, 숙정문)과 사소문(혜화문, 소의문, 광희문, 창의문)을 두었는데 이중 돈의문과 소의문은 없어졌으며 2014년까지 한양 도성 전체 구간의 약 70%가 옛 모습에 가깝게 정비되었고 다행스럽게도 숙정문, 광희문, 혜화문은 다시 세워져 제 모습을 되찾았다. 서울 둘레길 코스 중 이렇게 성곽길 코스가 연결되어 고풍스러운 성곽길을 걸을 수 있게 됐고, 조명을 설치하여 성곽의 아름다운 야경을 즐기려는 시민들의 사랑을 듬뿍 받고 있다.

특히 시내 중심에 있어서 쉽게 접근할 수 있는 동대문-혜화문 코

그곳에 가면 **행복**이 흐른다

스는 지하철 1, 4호선 동대문역 1번 출구로 나와 뒤돌아서 50m 정도 가면 오른쪽으로 올라가는 큰길이 나오는데 그길 따라 쭉 올라가면 된다. 낙산공원에 가기 전에 성안으로 들어가면 작은 가게들과 작은 박물관, 공방, 음식점, 카페가 있어서 서울 아래 동네들을 바라보며 잠시 쉬어 가도 좋다.

특히 일몰 이후에 전망대에서 바라보는 야경은 '야경 1번지'답게 아름다운 서울 야경을 고스란히 감상할 수 있어서 외국인에게도 인기가 많은 탐방 코스 중 하나이다.

신년 첫 모임: 아차산과 용마산

  새해 맞이 첫 토요 모임는 서울 시민들의 많은 사랑을 받고 있는
아차산에서 시작하였다.

  그동안에도 수차례 올랐지만 언제 가도 좋은 곳이다. 새해 첫 트
레킹을 즐기려는 29명의 회원들이 참여한 가운데 지하철 5호선 광
나루역 1번 출구에서 만나 주택가와 가게들이 밀집되어 있는 골목
길을 가로질러서 올라 입구 광장에서 간단한 인사와 몸 풀기를 마치
고 출발했다.

  그런데 오늘 아차산을 찾은 등산객이 상당히 많다. 꼬리에 꼬리를
물고 이어지는 행렬을 따라 가파른 바위길을 가볍게 올라들 간다.

  오늘의 일정은 아차산에서 시작해서 용마산을 거쳐 망우공원 주
차장까지 약 13㎞, 휴식 포함 4시간 정도로 난이도 중하 정도의 길
이기에 낙오자 없이 무난히 마칠 것으로 보인다.

  여기서 잠깐! 우리가 보통 새해 일출을 보기 위해 동해의 낙산해
변이나 남해를 많이들 다녀오지만 서울에서도 일출을 조망할 수 있
는 곳이 여럿 있고 그중 서울 일출의 꽃이라고 불리는 곳이 아차산
이라는 사실을 알고 있는가?

  아차산(295.7m)은 서울 동쪽의 끝인 광진구에 위치하며 경기도 구
리시와 경계를 이루는데 서울에서 가장 먼저 해가 뜨는 곳으로 신
년마다 해맞이 축제가 열려 이를 즐기려는 시민들로 발 디딜 틈이

없이 많은 인파가 몰리는 곳으로도 유명하다.

아차산 일출 포인트는 산 중턱에 조성한 해맞이 광장인데 롯데타워의 위용과 함께 떠오르는 일출은 가히 환상적이라고 할 수 있다.

초반 낙타 능선에 이르는 계단이 좀 가파르기는 하지만 멋진 일출을 보려면 그 정도는 견뎌야 한다. 그리고 곳곳에 가로등을 설치하여 환하게 밝혀 주기에 어두운 새벽이라도 문제가 없다.

다만 여성 혼자 나서는 건 반대를 한다. 많은 사람들이 다니는 길이지만 꼭 두세 명이 어울려 올라가길 권한다.

낙타 능선에 올라 고구려정을 지나 바위 구간을 오르면 되는데 너럭바위 주위로 두 군데의 전망대가 있다. 왼쪽 전망대는 도심 풍경을 볼 수 있는 곳이고 오른쪽 전망대는 한강과 어우러진 일출을 볼 수 있는 곳이다. 한꺼번에 두 곳을 다 볼 욕심이면 조금 더 오르면 되지만 굳이 그렇게 할 필요는 없다. 광장 아래쪽으로도 시야가 좋은 전망대가 있으며 충분히 떠오르는 일출을 볼 수 있다.

또한 응봉동에 있는 매봉산 공원과 월드컵 경기장이 있는 하늘공원도 추천한다.

아차산의 가파른 바위길로 올라 전망대에 올라서니 탁 트인 시야로 유유히 흐르는 한강을 사이에 두고 테크노마트와 롯데타워의 일직선 풍경이 아름답다.

사람이 많아 밀리듯 정상에 올라 준비해 간 간식을 맛있게 먹고 아차산을 뒤로하고는 용마산으로 넘어 오늘의 목적지 망우공원 묘지 사색의 길로 접어든다.

나라의 독립을 위해서 초개같이 목숨을 던진 선진들, 문맹 퇴치를 위해 헌신을 아끼지 않았던 교육자들, 병들어 죽어가는 안타까운

현실을 외면하지 않고, 값없이 희생을 내어주길 마다하지 않았던 의료인들 등등 이름만으로도 고개가 숙여지고 존경스러운 분들이 묻혀 있는 이곳을 지나니 나라 사랑의 마음이 저절로 생긴다. 죽음의 장소가 아니라 오히려 산 교육의 장소라는 생각이 든다.

　걸어가는 내내 상념에 잠겨 무거운 발걸음이었지만 오늘의 목적지 공원 주차장에 무사히 도착했다. 근처의 쌈밥집에서 늦은 점심을 먹고 신년 첫 토요 모임을 마무리한다.

인제 원대리 자작나무 숲

첫 마음, 첫 출발, 첫 사랑, 첫 모임, 첫 만남 등등은 우리들의 마음을 설레게 하는 신년 새해를 시작하는 키워드이다.

새해 첫 모임인 토요 걷기 첫 만남이 있던 날 많은 회원들이 참여하여 아차산에서 망우공원까지 첫 걸음을 산뜻하게 마쳤다. 단조롭고 반복되는 일상이지만 토요 모임은 친구들과 함께 우정을 나누며 걸을 수 있어서 너무 좋다.

첫 모임을 마치고 짧은 일주일을 보내는데 친구들이 왜 이리 보고 싶을까? 나 혼자만이 하는 비련의 짝사랑인가? 의문의 메아리는 치명적인 매력의 혜영 씨를 통해서 되돌아왔다.

"정답, 좋으니까!"

맞다, 게보린. 아니 분명 좋으니까 그렇다.

내 인생의 비타민 같은 경희 씨.

"정답, 좋으니까!"로 화답해 주었다.

두 번의 메아리를 듣고 있노라니 마음이 뭉클해져 눈시울이 붉어졌다.

파도치는 메아리는 여기서 끝나지 않고 아낌없이 주는 나무 리틀 자이언트인 명옥 씨.

"정답, 좋으니까!"

웃음천사 지현 씨도 나의 든든한 후원자 효녀 심청 경숙 씨도 "정답, 좋으니까!"로 이어지는 메아리는 사나이 가슴에 눈물샘을 자극하기에 충분했다.

유치하게 들릴지는 모르겠지만 나는 요즈음 친구들이 전해주는 짧은 말 한마디에도 눈물이 날 정도로 정이 깊어졌고 감성이 풍부해졌다. 이렇게 표현해 주는 한 마디 한 마디는 우리 인생에서 커다란 힘이 될 것을 믿어 의심치 않는다.

상대의 능력을 이끌어 내는 "당신을 믿어", 작아지는 용기에 "넌 할 수 있어", 부적보다 더 큰 힘이 되는 "널 위해 기도할게", 충고보다 효과적인 "잘 되지 않을 때도 있어", 일상의 새로운 희망을 선사하는 "초심으로 돌아가자", 환상의 짝꿍을 얻을 수 있는 "우린 천생연분이다", 다시 일어설 수 있는 "괜찮아, 잘될 거야", 상대의 가슴을 설레게 하는 "보고 싶었어", 특별한 사람을 만들어 주는 "역시 넌 달라", 지친 마음을 어루만져 주는 "그동안 고생했어", 망설이는 그대에게 "한번 해 볼까", 천만 번을 들어도 기분 좋은 "사랑해".

짧은 말이지만 사랑의 묘약과도 같은 긴 감동을 주었다.

어제는 새해 첫 정기 여행으로 하늘이 내린 내린천이 있는 인제 원대리 자작나무 숲으로 유명한 일명 '속삭이는 자작나무 숲'에 27명의 힐링 회원들과 다녀왔다. 북유럽풍 자작나무 숲속에서 보낸 짜릿한 시간들….

그동안 눈이 내리지 않아 화려한 눈꽃은 우리를 외면했지만 순백으로 어두움을 밝히는 자작나무 숲속에서 일상으로 더러워진 나를 정화해 주고 치료해 주기에 충분했다.

팸플릿을 보면 **자작나무**는 불에 탈 때 **'자작 자작'** 소리를 낸다고 해서 붙여졌으며, 순우리말 이름이란다. 한자로 '화라'라고 쓰며 '결

혼식을 올린다'는 말을 '**화촉을 밝힌다**'라고 표현하는데 화촉은 자작나무를 의미하며 이는 옛날에 촛불이 없어서 자작나무 껍질에 불을 붙여 촛불 대신 사용했기 때문이란다.

박달나무와 형제라 할 만큼 단단하고 조직이 치밀하여 벌레가 안 생기고 오래도록 변질되지 않는 특성은 우리의 우정을 닮은 듯하다.

두드리면 금속과 같은 음이 나며 껍질은 희고 매끄러워서 그림을 그리거나 글씨를 쓸 수 있고 닦으면 광택이 좋아져서 많은 공예품의 재료로 사용되고 있단다.

1월 말을 기준으로 2월 1일~5월 15일까지 산불 조심 기간으로 입산이 통제되기에 그런지 큰 주차장이 만차라 들어갈 수가 없어서 버스를 도로가에 세우고 하차를 했다.

많은 사람들이 기념 촬영을 하는 커다란 관광 안내판에서 순서를 기다렸다가 우리도 단체 사진을 찍었다. 워낙 많은 관광객이 몰리다 보니 넓은 도로가 사람들로 꽉 채워져 가만히 있어도 밀려 올라갈 수 있을 것 같다.

버스 안에서 광고로 안내를 드려 아랫길로 올라갔다가 윗길로 내려오려고 입구에 다다르니 밧줄로 바리게이트를 쳐 입산을 금지해 두었다. 겨울철 낙석 위험 때문이었다.

하는 수 없이 올라간 길을 따라 다시 내려오는 원점 회귀로 재조정하고 천천히 올라갔다. 후미 대장인 효열 씨가 앞뒤를 오르락내리락하면서 후미를 이끌어 주니 너무나 고마웠다.

약 1시간 만에 순백 자작나무 군락을 이루고 있는 곳에 도착을 하니 수많은 사람들이 사진 찍기에 열심이어서 좁은 숲길은 당연히 정체이다. 그렇지만 정체가 되었다고 짜증내는 사람은 아무도 없다.

눈꽃이 없어 아쉬워하는 이 없이 모두 다 감탄하며 자작나무를 사이에 두고 여기요, 여기요, 찍어 달라는 것이다. 자작나무를 껴안고 애교 넘치는 표정으로 "김치!". 웃음 천국, 감탄 천국이 따로 없다.

자작나무로 만들어 놓은 인디언 집 같은 모형에서는 긴 줄을 기다려야만 사진을 찍을 수 있었다.

숲속 교실에 올라 아래를 바라보니 순백의 세상이 너무나 아름답고 천진난만한 표정으로 함박웃음을 짓는 사람들 속에 행복이 흘러넘치는 듯하다.

점심시간이 되어 가지고 온 간식을 꺼내 풀어 놓으니 컵라면을 비롯해서 갖가지 음식들이 줄줄이 사탕처럼 나온다. 언제나 그렇지만 숲속에서 먹는 간식은 그 음식이 무엇이든 피가 되고 살이 될 게 분명하다.

간식을 먹고 시간을 보니 오후 12시 반 식당에 점심을 예약한 시간이 오후 2시 30분인 점을 감안해서 소화도 시킬 겸 정상 도전을 해 보기로 했다. 후미 대장이 앞장서 길을 이끌기로 했다. 다리에 무리가 있다는 인자 씨와 인자 씨 멘토인 경숙 씨만 남고 길을 나섰다.

눈 쌓인 길과 낙엽이 수북이 쌓인 숲길은 가을과 겨울 두 계절을 동시에 느낄 수 있는 운치의 길이 되어 주었다.

정상에 올라 시범 씨가 흥을 돋우는 구수한 노래를 선보이니 모두들 기뻐서 덩실덩실 어깨춤이 저절로 난다.

이런 게 힐링이 아닐까? 이런 게 우정이 아닐까?

감사합니다. 축복합니다. 새해 첫 정기 여행. 덕분에 행복했습니다. 다음 여행을 기대하며….

지리산 둘레길과 남원 광한루

설레는 마음으로 준비하였던 2018년 첫 여행지인 지리산으로 떠난다. 아침에는 제법 쌀쌀했고 고속도로로 논산을 지나면서부터 짙은 안개가 자욱한 날씨였지만 막힘없이 달려 예정된 오전 11시에 남원 주천에 도착했다.

이곳은 지리산 둘레길 1구간 시작점인데 주차장에 도착해서 오늘 리딩을 맡아 주신 장복순 씨의 안내로 왕복 2시간 코스를 걸었다.

시간 관계상 구룡폭포가 눈앞인데도 불구하고 못 가 보는 것이 못내 아쉬웠지만 계곡에는 겨우내 얼었던 얼음이 녹았는지 많은 물이 경쾌한 소리를 내며 흐르고 있다. 물소리, 새소리 들으며 걷다 보니 지루하지 않아서 힘들지 않게 목적지에 도착했다. 넓은 바위가 있는 곳에서 더 못 감을 아쉬워하며 사진 찍기에 열심이다.

이제 피기 시작하는 산수유와 밭 주변으로 올라오는 쑥이며 냉이, 새싹이 파릇파릇하다. 초봄 시골의 싱그러운 향기를 맡으며 가볍게 산책하듯 첫 여행을 즐겼다.

특히 동유럽 여행자이신 장복순 씨는 자기 동네에 오는 손님을 맞이하기 위해서 새벽부터 홍합 부추전을 준비하여 큰 들통으로 하나 가득 만들어 오셨다.

얼마나 많이 만들었는지 한 사람당 한 판씩 먹을 수 있을 만큼 많았다. 우와, 통도 크셔라! 마침 새벽부터 달려온 터라 허기졌기에 참 맛있게 먹었다. 사랑은 참 크구나 생각해 본다.

그리고 차량으로 운반해 주신 박정숙 씨, 새롭게 시작하신 김부각 사업도 형통하시길 기도드린다.

오늘 서울에서 37명, 대전에서 김주희 씨, 남원에서 장복순 씨, 박정숙 씨, 정영기 씨 지인 2명 포함 총 42명이 봄맞이 지리산 둘레길을 걷고 남원으로 넘어와서 남원의 대표 음식인 남원 추어탕을 먹고 광한루에 들어가 산책하는 것으로 여행을 마무리한다.

그곳에 가면 **행복**이 흐른다

소망의 시

김경희

2017년 5월
소망이라는 씨앗들이
열정을 품은 몇몇 사람들의 가슴에 떨어졌습니다
시련의 비바람에도
시기의 눈보라에도
미움의 폭염 속에서도
튼튼한 뿌리를 내리며 소망의 싹을 피웠습니다
사랑의 물을 마시고
섬김의 빛을 받고는
이내 줄기를 내고 가지를 치더니
새파란 잎을 내고
은은한 향기가 감도는
아름다운 사랑의 꽃을 피웠습니다
살랑살랑 부는 바람 따라

풍기는 잔잔한 향기는

사람들의 마음에 기쁨을 주었고

서로의 마음을 나누는 사랑의 향기가 되었습니다

시간이 지나 꽃은 시들고

향기는 사라졌지만 자그마한

소망의 열매가 맺혀

섬김과 헌신이라는 신뢰를 먹고는

탐스럽게 자라 모든 이들을 기쁘게 하는

커다란 열매로 보답해 주었습니다

하늘의 인연으로 만남이 이루어졌지만

사랑으로 우정을 키우는 우리들의

더 멋진 인생을 위하여

건강의 나침반

행복의 나침반

이 글을 읽는 모든 이들의 건강과 행복한 삶을 위해 기도합니다

오래도록 함께 멋지게 익어가기를 간절히 소망합니다.

그곳에 가면 행복이 흐른다

PART 05

동유럽 여행

동유럽 4개국(헝가리, 오스트리아, 체코, 독일) 여행을 위해 그동안 회원들과 함께 적금을 들었던 1년짜리 적금통장이 만기가 되던 날, 은행에 가서 기쁜 마음으로 해약을 했다.

그동안 눈여겨보던 동유럽 상품 중 비교적 가성비가 좋으면서도 여행이 알차고 선택 관광 일부가 기본 관광에 포함되어 있는 인터파크 여행사에 예약을 마쳤다.

예약을 마치고 담당자를 통해 알았지만 인터파크 여행사는 시니어 요금제(만 60세 이상)를 출시했다고 한다. 이 요금제 덕에 약 7% 정도 추가 할인율을 적용받아 잔금을 납입할 때 추가 할인까지 덤으로 받았다.

10만 원 내외지만 어쩐지 처음부터 예감이 되게 좋았다. 작년에 다녀올 때보다 거의 오십만 원 정도 저렴하게 여행 경비가 세워져 깜짝 놀랐지만 여행 일정과 호텔을 비교하고 식단을 비교해 봐도 차이가 없고 오히려 40유로를 내고 선택 관광을 했던 다뉴브강 야간 크루즈는 이 날짜만큼은 기본 상품에 포함되어 있었다.

동유럽의 날씨 가운데 비교적 맑은 날이 많고 여행하기 적당한 기온의 4월 중순에 100여만 원 정도에 다녀올 수 있었으니 참 좋은 여행임에 틀림이 없다. 이 소식을 참여자들에게 알려 주니 모두들 좋아라 한다.

이번 여행 참가자들은 대부분 동유럽 여행이 처음이었던지라 모두들 기대하며 설레는 마음으로 기다리고 있었다.

빠를 듯 느릴 듯 가던 시간도 지나 드디어 출발하는 날이 되었다. 유럽으로 가는 항공편은 비교적 밤 늦은 시간에 출발을 하지만 출국자들이 많아 오후 8시까지 인천공항에 나오라는 연락이 전담 가이드로부터 왔다. 시간에 맞추어 참여자 10명 모두 모여 가이드 미팅 후 출국 수속을 밟고 비행기에 탑승. 이렇게 동유럽 4개국 여행이 시작이 되었다.

여행은 언제나 설렘으로 시작하여 가득한 낭만과 아름다운 추억으로 삶을 풍요롭게 하는 마법 같은 힘이 있는 듯 늘 즐겁다. 여기에 마음을 나누는 좋은 친구들과 함께한다면 기쁨은 배가 될 것이다.

11시간 이상의 비행 시간과 7시간의 시차에도 불구하고 피곤함도 잊은 활기찬 행보는 그동안 가 보고 싶고 동경해 왔던 꿈의 도시들을 여행하는 것이기에 가능한 에너지가 아닌가 생각해 본다.

도시 전체가 중세풍 고건축들로 동화 속 마을같이 신비롭기까지 한 이곳의 여행을 통해 영감과 힘을 얻게 되니 기쁨은 넘쳐나고 삶의 에너지는 행복으로 충만하게 되니 그저 감사할 뿐이다.

알프스 산을 넘어가는 비행기 안에서 바라보니 5월이 가까운데도 아직 흰 눈으로 뒤덮인 풍경이 참 이채롭기도 하고 아름답다.

헝가리

부다페스트

터키 이스탄불을 경유해서 도착한 첫 번째 나라는 동유럽의 파리라 불리는 헝가리의 수도 부다페스트다.

★어부의 요새/마차이 성당/부다 왕궁/대통령 집무실/겔레르트 언덕

첫 일정으로 고깔모자를 연상시키는 7개의 탑이 인상적인 어부의 요새에서 요란스럽게 기념 촬영을 하며 우리가 왔음을 헝가리에 알렸다. "왔노라, 보았노라, 이겼노라". 이 말이 여기서 쓰는 게 아닌데.

흰 천을 두른 듯 웅장한 건물의 마차이 성당을 배경으로 서로 찍어 달란다. 오늘부터 사진기자로 직업을 바꾼 나는 8일 간 무려 1,000장이 넘는 사진을 9명의 예쁜 모델들을 바꾸어가며 찍었으니 참으로 놀라운 기록이다.

아름다운 부다페스트 시내가 한눈에 보이는 겔레르트 언덕에 오르니 구 소련 점령군들이 쏘아 댄 총탄의 흔적이 곳곳에 남아 있어 슬픔과 아픔의 역사를 고스란히 간직하고 있었지만 오랜 세월은 아픔을 잊기라도 한 듯 다뉴브강은 유유히 흘러가고 있었다.

클래식 음악을 통해 자주 등장하여 우리에게 익숙한 맑고 푸르른 도나우강(헝가리어로 '다뉴브강')을 겔레르트 언덕에서 바라보니 아름

그곳에 가면 *행복*이 흐른다

답기 그지없고 언덕 위에 우뚝 솟은 부다 왕궁과 강 반대편에 있는 국회의사당이 참으로 인상적이다.

그러나 이렇게 아름다움만 있는 게 아니다. 여행의 즐거움 중 하나인 길거리에서 파는 먹거리나 액세서리 전통 공예품들은 언제나 손이 가기 마련이다.

한 손에는 빵, 한 손에는 커피를 들고 먹고 마시며 즐기는 이 아름다운 낭만의 시간이여! 아픈 역사의 현장에서 꽃 피우는 우리들의 우정이여!

오랜 역사의 길을 따라 부다 왕궁이 있는 대통령 집무실로 가는데 우리들을 따라 오면서 서툴지만 우리말로 "한 장에 10불, 한 장에 10불" 하며 젊은 아낙이 호객 행위를 한다. 수작업으로 만들었다는 옷이며, 카펫이며, 식탁보며, 여러 가지를 내보이는데 문양도 이쁘고 가격도 저렴해서 그런지 여러 명이 구입을 한다. 내가 보기엔 몇 마디지만 한국말로 판매하기에 더 호기심이 생겨서 산 느낌이 든다.

대통령 집무실에 오니 병사 한 명이 어슬렁거리며 정문을 지키고 있고 반대편 문에는 군인 두 명이 차렷 자세로 여행객의 사진 촬영 모델이 되어 준다. 깔깔거리며 웃어 젖히는 여행객의 사진 찍기에도 눈 하나 깜빡하지 않고 근엄한 표정으로 마네킹처럼 서 있는 모습이 조금은 안쓰러워 보였다.

대통령 집무실과 부다 왕궁(지금은 박물관으로 사용)을 관람했다.

★영웅 광장

헝가리인들이 가장 사랑한다는 헝가리 건국 1,000년을 기념해서 만든 영웅 광장을 방문했다.

이곳은 우리나라의 현충원과 같은 역사적 의미가 깊고 성스러운 곳인데 관광객이 많은 중에도 한국 관광객들도 상당히 많았다.

작년에 방문했을때는 알파벳으로 'BUDAPEST'라고 만든 커다란 조형물이 헝가리의 샹젤리제 거리라 불리는 각국 대사관(여기에 한국 대사관도 있음)길을 마주보며 있었는데 오늘 와보니 광장 왼쪽편의 국립 미술관 앞에 옮겨 세워져 있다. 그런데 고풍스러운 미술관을 뒷배경으로 세워진 것이 작년보다 훨씬 멋있게 보이고 조형물 속에 들어가서 실제 사진을 찍어보니 뒷배경의 조화가 딱 맞는 것이 참으로 멋지게 나왔다.

광장을 중심으로 거대한 높이의 탑이 세워져 있고 탑을 중심으로 앞에는 무덤이 있고 좌우에는 말을 타고 있는 영웅들의 동상이 오랜 세월에도 불구하고 시선을 압도하는 위엄 있는 모습으로 비춰진다.

너무들 좋아하는 가운데 김미순 씨가 중심이 되어 라인댄스를 여러 명이 어울려 추니 지나가는 관광객들이 박수치며 환호해 준다.

광장을 지나 국립 미술관 쪽으로 가는데 장복순 씨가 "어머나! 저것 좀 보세요" 하며 손가락으로 가리키는 곳을 보니 길 한쪽 편에 아주 오래된 우리 자동차 티코가 주차되어 있어서 신기한 듯 쳐다보았다.

그곳에 가면 *행복*이 흐른다

★ 다뉴브강 야간 크루즈

오늘의 마지막 코스는 다뉴브강 크루즈 야경 투어인데 세계 3대 야경으로 수많은 관광객들의 관심 대상이다.

유럽의 날씨는 여름이 되면 백야 현상으로 밤 10시가 되어도 해가 떨어지지 않아 야경 투어를 할 수가 없지만 지금은 시기적으로 7시 경이면 해가 지기에 저녁 식사 후 야경 투어를 진행을 했다. 작년에 다녀오고 난 후 워낙 많이 떠버렸던 터라 다들 기대하며 배에 올랐다.

요한 스트라우스의 「아름답고 푸른 도나우강」 음악이 잔잔히 들려오는데 마구마구 가슴이 뛴다. 하늘의 많은 구름이 넘어가는 노을과 어우러지고 어스름한 풍경은 환상적이다 못해 몽환적이다. 물을 가르며 출발을 하니 모두들 갑판으로 나와 좋은 자리를 잡고 사진 찍기에 여념이 없다. 특히 마음을 사로잡는 것은 국회의사당이다.

황금빛 옷을 입은 국회의사당은 보는 이 마음을 압도하기에 전혀 손색이 없어 보인다. 반대편으론 은은한 색채감으로 국회의사당과 대조를 이룬 부다 왕궁의 야경이 있다. 낮에 보던 것하고는 사뭇 다른 풍광을 연출했다. 만약 헝가리에 국회의사당과 부다 왕궁이 없다면 무슨 재미일까?

40분 정도의 짧은 시간이었지만 보는 눈을 만족시키고 가슴이 부풀어 오른 행복한 시간이었다.

오스트리아

비엔나

★쇤부른 궁전

기분 좋은 첫날밤을 보내고 여행 둘째 날을 맞이했다. 오늘은 모차르트의 고장 오스트리아 일정이다.

첫 번째 방문지는 합스부르크 왕조의 마리아 테레자 여왕의 여름 별장으로 사용되었던 쇤부른(맑은 샘) 궁전을 찾았다. 테레자 여왕의 리셉션 장소로 주로 사용되어 외관뿐만 아니라 내부도 높은 천장에 화려한 문양으로 치장했으며 중국 청나라 시대에 수입한 자개장과 도자기는 동서양의 문화가 혼합된 독특한 멋을 풍기고 있다.

특히 합스부르크 왕조는 신성 로마 시대부터 1차 세계대전이 끝날 때까지 650년 동안 유럽을 통치하면서 화려한 궁전이 많은 게 특징인데 이곳은 1차 세계대전 패전국으로 오랜 세월 유지했던 왕조가 막을 내리는 조약을 체결한 치욕의 장소이기도 하단다.

그곳에 가면 귀록이 흐른다

★ 벨베데레 궁전

두 번째 방문지는 합스부르크 왕가의 황실로 사용되었던 벨베데레 궁전이다. 친절한 가이드의 설명을 귀를 쫑긋 세우고 들어보니 현제 벨베데레 궁전은 미술관으로 사용되고 있는데 오스트리아의 대표적인 화가인 애곤 실레, 마카르트, 클림트 등의 예술가들의 작품을 전시하고 있단다.

특히 놀라운 건 수천억 원을 호가하는 클림트의 「키스」란 작품이 한 번도 외국에 임대 전시된 적이 없다는 점이었다. 그 작품은 오직 이곳 미술관만의 자랑이란다.

설명을 듣고 작품을 보니 미술에 문외한인 나에게도 특별하게 다가왔다. 반짝이는 금빛을 배경으로 한 몸인 양 달콤한 사랑에 빠져 있는 여인의 그림은 사람들을 유혹하듯 날 쳐다보는 눈이 매혹적이다. 오늘 나는 나도 모르게 클림트가 선사하는 예술혼에 빠져 본다.

'벨베데레'란 '전망이 좋다'라는 뜻이 있으며 두 개의 궁전이 있고 앞뜰에는 넓은 모양의 둥그런 연못이 있고 주위를 둘러 잘 가꾸어진 꽃과 잔디로 화려하게 장식되어 있으며 외벽 쪽으로는 많은 벤치를 설치해 놓아 시민들의 휴식 공간을 제공하고 있었다. 뒤편으로는 광활하게 펼쳐진 정원으로 이루어져 도심 속 지친 여행자들의 청량제와도 같은 역할을 한다.

비엔나의 마지막 일정은 비엔나 관광의 시작점이며 비엔나에서 가장 화려한 게른트너 거리를 활보하는 것이다. 윈도 쇼핑도 하고 예쁜 카페에 들어가 거품이 풍성한 비엔나커피를 우아하게 마시면서 우리들의 여행은 더욱 깊숙이 유럽으로 녹아들고 있다. 사람과 전차, 버스와 마차가 한데 어우러져 여유롭게 움직이는 모습이 참 인상적이다. 모차르트의 결혼식과 장례식을 했다는 성당을 중심으로 사진을 찍어 보지만 너무 높아 제대로 카메라에 다 담지 못하는 게 아쉽다. 비록 차창 밖으로 보는 광경이지만 650년 합스부르크 왕가의 궁전이었던 호프부르크 왕궁도 지나가고 베토벤이 오랫동안 살았다는 집도 지나가고 괴테의 동상도 지나가는 동안 가이드의 설명을 들으면서 가는 버스 투어도 여행의 재미를 더해 주었다.

할슈타트

마을 전체가 유네스코 세계문화유산으로 등재된 이곳은 맑고 푸른 호수와 병풍처럼 둘러싸인 높은 산에서 떨어지는 폭포수의 시원한 소리를 들으며 동화 속 마을에 온 듯한 착각에 빠지게 한다.

잘츠캄머굿

일명 소금 창고라고 불리는 잘츠캄머굿의 세인트 길겐으로 이동해서 츠벨프호론 케이블카를 타고 2천 미터를 올라가니 섭씨 20도 이상 올라가는 따뜻한 봄 날씨 속에서도 눈 덮인 알프스의 진풍경을 대하게 된다.

전망대에서 바라보는 세인트 길겐의 풍경이 푸른 호수에 빠져들 듯 아름답다. 이렇게 알프스의 높은 산에 올라 산장에서 마시는 한 잔의 커피와 외국 점원이 끓여 주는 신라면의 이국적인 맛이란…

그곳에 가면 *행복*이 흐른다

잘츠부르크

세기의 천재 음악가 모차르트의 고향이기도 하지만 영화 〈사운드 오브 뮤직〉을 통해 더 알려진 곳이기도 하다. 미라벨 정원의 도레미 송 계단에서, 또 알프스의 드넓은 잔디밭에서 아이들과 부르던 「도레미 송」은 꼭 천상에서 천사들이 부르는 것처럼 마음으로 듣게 된다.

그리고 모차르트의 일대기를 그린 영화 〈아마데우스〉는 여러 번을 보아도 감동이다. 모차르트의 생가를 중심으로 구시가지가 잘 보존되어 있다. 다양한 건축물의 고풍 속으로 빠져본다.

독일

뮌헨

정밀공업과 문화의 도시 뮌헨은 잘츠부르크에서 버스로 2시간 만에 도착을 했다.

오는 도중 반대 차로에 교통사고가 발생했는데 커다란 문화 충격을 받았다. 헬기가 고속도로에 내려서 부상자를 옮기고 주변 정리를 하는 동안 모든 차량은 1차로와 3차로에 길게 주차를 하고 2차로는 수습 차량이 쉽게 접근할 수 있도록 해 현대판 모세의 기적이 일어난 것이다. 우리 버스가 한참을 달릴 동안 수 킬로미터에 걸쳐 벌어지는 이 놀라운 광경을 눈으로 지켜보면서 모두들 감동을 했다.

뮌헨 중심부에 도착해서 도보로 시청사를 가는데 곳곳이 다 구경거리다. 국립 극장과 국립 박물관을 지나 세계적 명품을 파는 매장을 윈도 쇼핑하면서 뮌헨의 상징 시청사에 도착을 했다. 교회로 착각이 들 정도로 고풍스러운 청사에는 중앙 종루에 독일 최대의 인형시계인 글로켄슈필이 붙어 있어 우리를 반긴다.

시청사 앞 광장에는 수많은 사람들로 북적이고 길게 늘어선 카페에는 앉을 자리를 찾기 힘들만큼 많은 사람들이 맥주를 마시며 담소를 나누는 모습이 정겹다.

북쪽 탑의 높이가 99m, 오른쪽 탑이 100m인 프라우젠 교회의 두 기둥의 끝 둥근 모양이 여자의 가슴을 형상화하여 건축되었다는데 밑에서는 잘 보이지 않는다.

그곳에 가면 *케톡*이 흐른다

시간이 있다면 500년 전통의 역사가 있는 호프부로에 들러 잠시 목을 축이고 갈 만도 한데 가이드는 시간이 안 된단다. 아쉬움을 뒤로한 채 독일의 마지막 방문지인 로텐부르크로 향한다.

로텐부르크

뮌헨에서 버스로 4시간을 달려 중세의 보석이라고 불리는 로텐부르크에 도착을 했다. 이곳은 크리스마스 축제로도 유명해 관광객이 끊이지 않으며 일 년 내내 성탄용품을 판매한단다. 조그만 문을 통과해서 성에 들어가면 높은 성루의 시계탑이 있고 구시가지나 시청사에 가려면 또 하나의 시계탑을 통과하도록 길이 되어 있다. 성루 위에는 좁은 성곽길이 있어서 시계탑 계단으로 올라 성곽 투어도 할 수 있다.

이곳의 관광 포인트는 역시 시청사인데 시청사를 중심으로 오른쪽에는 흰색의 시민회관이 있고 광장 앞쪽으로는 카페와 레스토랑, 호텔, 옷가게, 토산품 상점, 도자기와 잡화를 파는 가게들이 즐비한데 역시 많은 사람들이 몰리는 곳은 맥주와 커피를 파는 카페다. 또 시청사 근처에 고딕 양식의 건축물인 야곱 교회가 있는데 동방박사에 대한 이야기가 있어서 특별히 유명하단다.

체코

체스키크롬로프

드라마 〈봄의 왈츠〉의 촬영지로 알려지면서 한국 관광객이 많이 찾는다고 한다. 이곳은 프라하 성에 이어 두 번째로 큰 성인데 도시 전체가 유네스코 세계문화유산으로 등재되어 있을 만큼 잘 보존된 성이다. 특히 성 가운데로 흐르는 맑은 강에 서식하는 숭어를 잡아서 만드는 숭어 요리는 이 지역의 특별요리란다.

어디든지 오래된 곳이면 전설이나 구전으로 내려오는 이야기들이 많은데 이곳도 마찬가지다. 영주의 딸과 사랑에 빠졌던 이발사는 신분의 격차를 좁히지 못하고 우리가 지나는 이 다리에서 처형을 당하는 비극적 종말로 끝났다는 러브 스토리를 들었다. 그로 인해 뭉클한 마음과 착잡한 마음이 교차되는 미묘한 시간이기도 하다.

그런데 이것을 아는지 모르는지 구름 한 점 없는 푸른 하늘은 오늘도 우리에게 소망을 선사해 준다.

그곳에 가면 *행복*이 흐른다

프라하

독일 로텐부르크 성 내부 관광을 마치고 버스로 장거리를 이동해서 저녁에 프라하에 도착했다.

버스에서 장시간 달려왔기에 피곤한 감도 있었지만 낭만의 대명사 프라하에 왔다는 설렘으로 흥분되어 있었다. 어딜 가나 사람들로 넘쳐나는 프라하 구시가지를 도보로 이동하여 돌다리로 유명한 카를교에서 카를교를 앞 배경으로 프라하성을 담아본다.

시청에서 진행되는 옛 시계의 퍼포먼스를 보기 위해 수많은 군중이 모인 광장은 그야말로 인산인해이다. 시간이 멈춘 듯 옛 모습을 그대로 간직한 프라하의 밤은 깊어만 간다.

8일 간의 일정이 끝나는 마지막 아침을 맞이했다. 여기서는 전차를 트램이라고 하는데 버스와 트램이 공존하며 같은 도로를 달린다.

프라하 성에 가기 위해 트램을 타고 여섯 정류장을 지나 프라하 성에 도착을 하니 오전 10시인데도 사람들은 성에 들어가기 위해 긴 줄을 서 있다.

그야말로 여행객들로 가득하다. 성 안에는 대통령 집무실이 있어서 그런지 군인들이 가방을 철저하게 검색을 한 후 통과를 시키기에 더 밀리는가 보다.

프라하성에 들어가서 비투스 성당을 중심으로 사진 찍기에 여념이 없다. 비투스 성당 내부로 들어가니 화려한 색채의 유리 창문이 눈길을 끈다. 가이드의 설명을 들어 보니 알폰소 무하라는 작가가 직접 디자인한 것으로 수십만 개의 유리 조각으로 조각한 스테인드글라스라고 한다. 성당 내부를 웅장하게 장식한 스테인드글라스라는 단번에 우리를 황홀경에 빠트렸다.

카를교 화약탑

도보로 이동하며 프라하의 상징과도 같은 카를교를 건너 다리 끝 높은 솟은 화약탑 전망대에서 프라하 여행을 마무리한다.

수많은 민중들의 염원으로 프라하의 봄을 지켜낸 바츨라프 광장의 함성을 듣는 듯하다.

'동유럽의 파리', '백탑의 도시'라는 수식어가 따라 다니는 이곳은 시간이 멈춘 유럽 TOP 10에 선정되어 있다.

대통령궁으로 사용되는 프라하 성과 사랑을 부르는 유럽 TOP 10으로 프라하에서 가장 오래된 고딕 양식의 건축물 카를교, 세계 3대 야경에 뽑힌 프라하 성, 80m의 쌍둥이 첨탑이 인상적이며 황금 장식이 되어 있는 틴 교회, 약 1,000년에 걸쳐 완성된 프라하를 대표하는 비트 교회, 구시가지이며 17세기 화약을 저장했던 화약탑, 마틴 루터보다 100년 앞서 종교개혁을 진행한 체코인들의 존경을 가장 많이 받는 얀후스.

연간 1억 명의 관광객이 찾는 프라하는 연중 비수기가 없는 복잡한 도시라는 명성답게 오늘도 수많은 인파로 가득했다. 여행객에 밀려 다녔던 프라하를 끝으로 **중세 향기 가득한 동유럽 여행**을 잘 마치고 비행기 탑승에 앞서 마무리 글을 올리며 감사의 기도를 드린다.

그동안 기도해 주시고 염려해 주셔서 좋은 날씨 속에 좋은 사람들과 함께 여행을 마치게 되어 매우 기쁘다.

그곳에 가면 *행복*이 흐른다

PART 06

정기 모임

1주년 기념 춘천 여행

신년 기획으로 세웠던 정기 여행 중 벌써 3월 남원 관광과 지리산 둘레길 걷기를 잘 마치었고 4월 동유럽 4개국 여행도 10명이 참여하여 잘 다녀왔다. 그리고 1주년 기념 춘천 여행도 45인승 관광버스 만석으로 다녀왔다.

사람이 중요할까? 마음이 중요할까? 인원수와 관계없이 마음을 나누는 좋은 친구들과 고운 걸음으로 여행하는 것이 참 좋은 여행이 아닐까 생각해 본다. 이번 춘천 여행은 5월의 푸르름이기에 '春바람, 신바람' 1주년 정기 모임이라는 슬로건을 내걸고 진행을 하였다.

처음으로 기념 타올도 제작하여 하나씩 드리고 떡도 맞추어 나누어 먹으면서 행복한 시간, 기분 좋은 하루를 보내게 되었다. 그러므로 춘천 여행의 추억은 어렵고 힘들 때 위로가 되는 비타민 같은 참 여행이었다고 생각을 한다.

지금은 춘천 간 고속도로가 있어서 1시간 20분 정도면 갈 수 있는 가까운 곳이 되었는데 춘천 하면 닭갈비가 유명하지 않은가? 떠나는 내내 점심 메뉴로 정한 닭갈비가 군침을 돌게 한다.

맨 먼저 도착한 곳은 강원도립 화목원이었는데 한 30분이면 충분히 관람할 수 있는 도심 속 공원이었다. 1시간 정도 시간을 주어 팀별로 사진을 찍게 하였더니 1시간도 짧은지 오히려 시간이 오버되었다. 10분 거리에 있는 '메이플 가든'이라는 닭갈비 전문점인데 춘천

그곳에 가면 *행복*이 흐른다

에서는 제법 큰 규모의 맛집이었다. 한 달 전에 예약을 하였기에 들어가니 2층 넓은 홀에 음식이 준비되어 있었다. 메뉴는 2가지인데 철판 두루치기 닭갈비와 숯불 닭갈비로 나누어져 있는데 우린 예약한 대로 지글짝, 보글짝 철판 두루치기 닭갈비를 맛있게 먹었다.

오늘 여행은 춘바람, 신바람 먹방 투어의 일종으로 진행했는데 모두들 만족하니 기분이 좋다. 식사를 마치고 춘천의 명소 중 하나인 산토리니 카페에서 커피와 차, 생맥주를 마시며 담소를 나누고 넓은 정원에서 사진을 찍으면서 행복한 시간을 보냈다. 마지막 일정으로는 공지천으로 이동해서 호수 길을 산책하며 즐거운 춘천 여행을 마무리한다.

거제와 통영의 베스트 포즈 상

여행의 묘미 중 하나는 전혀 기대하지 않았던 곳에서 뜻밖에 자연의 비경을 선물 받는다든지 보석 같은 재미나 아름다움을 발견하는 데 있다. 그런 곳에서 느끼는 감동은 기대하고 떠났던 곳에서 느끼는 감동보다 훨씬 더 크다.

바로 통영에서 그랬다. 거제에서 일박을 한 다음 날 통영의 첫 일정은 미륵산 편백나무 숲길 산책이었다. 그곳에서 힐링하는 데 초점을 맞췄다. 그 이유는 지난밤 과도한 웃음으로 배꼽이 다 빠졌고 짠하고 부딪치며 오고가는 술잔 속에 흥이 난 흥을 가라앉히길 바라는 마음이었다.

거제에서 1시간여를 달려 목적지 미래사 표지석까지 도착한 기사님이 미래사까지 올라갈 수 없다고 땡깡을 부린다. 이를 어쩌나. 여기에서 편백나무 숲까지는 30분 이상 걸어가야 되는데…. 버스가 다닐 수 있는 길임에도 거절한 기사가 미웠지만 그렇다고 포기할 우리도 아니잖은가! 숲길 걷기를 습관처럼 하며 운동해 온 우리에게는 사실 아무것도 아닌 것이다.

자연을 벗 삼아 새소리 들어가며 올라가는 중간중간 산딸기 따 먹으며 걷는 길은 흡사 어린 시절 뒷동산에서 지천에 깔려 있던 산딸기며 버찌 등을 따 먹으며 놀았던 그때를 추억하게 한다.

20여 분을 올라가니 중턱에 나폴리 농원이 자리하고 있었는데 호

그곳에 가면 *행복*이 흐른다

기심으로 들어가 봤다. 이곳은 편백나무 숲길을 만들어 편백나무 톱밥을 깔아 놓고 맨발 걷기를 할 수 있도록 해두었다. 산림욕과 냉수 족욕을 할 수 있는 곳도 있고 해먹에 누워 바람에 흔들거리며 향기에 취해 보는 공간도 있다. 마지막 코스는 편백나무 액을 넣은 편백통에 발을 넣고 족욕하는 프로그램으로 되어 있었다.

마음이 혹 쏠렸지만 입장료 11,000원이 문제였다. 일정에 없어 예산을 세우지 않았기 때문이었다. 다행히 식대를 현금으로 지불하면서 20% 할인을 받은 금액 약 350,000원이 있어서 그것으로 집행하기로 했다.

사정을 이야기했더니 이곳도 현금으로 지불하면 9,000원에 30명으로 해 주기로 해 270,000원을 내고 33명이 기분 좋은 힐링의 시간을 가졌다.

구불구불 좁은 숲길을 걷는데 연지 씨가 지렁이를 밟았다고 야단들이다. 불쌍해서 어쩌냐고! 나란히 해먹에 누워 힐링 삼매경에 빠져 시간이 넘었는데도 나올 생각을 안 한다.

넓은 잔디밭엔 매트를 구비해 놓아서 모두들 숲속의 잠자는 공주들이 되어 잠시 잠을 청하는데 솔솔 부는 바람을 타고 은은한 향이 감돈다. 파란 하늘 높게는 여러 마리의 메들이 먹잇감을 찾아 고공비행을 하고 있는 모습이 보인다. 누워 있는 우리를 겨냥하고 있는 것은 아니겠지?

한나절의 짧은 일정이라 너무 아쉽다. 그렇다고 다른 일정을 취소할 수도 없고. 시간을 낼 수 있다면 1박이나 2박을 하며 산림욕을 즐기고 싶다. 너무들 좋아하는 모습에 기분이 덩달아 좋다. 서울 근교에 이런 곳이 있으면 대박날 건데…. 내가 할까나!

이번 여행 처음으로 베스트 포즈 상이 신설되었다. 거제의 신선대와 바람의 언덕 그리고 명사십리 해변에서 첫째 날을 보내고 통영의 동피랑 마을과 편백 숲에서 보낸 일정 속에 순간 포착된 사진 콘테스트에서 날고 있는 원더우먼 콘셉트로 조혜림 총무가 1등을 차지해 10만 원 상당의 상품을 선물로 받았다.

마지막 코스였던 편백액 족욕 체험실은 시간적 여유만 있다면 하루나 이틀 코스로 가족과 함께 오면 좋겠다는 생각이다.

그곳에 가면 행복이 흐른다

제주 여행

지난 연말 계획을 세웠던 2박 3일 일정의 제주 여행을 잘 마치었다. 장마가 오기 전에 남해 여행을 계획했었는데 일기예보가 적중이 되어 참 좋은 여행을 할 수가 있었다.

평균 기온 영상 25도 정도의 약간 따뜻한 느낌이었지만 거제의 신선대와 바람의 언덕에서는 바람 창고답게 시원한 바람이 많이 불어 덥다는 생각은 안 들었다.

나지막한 언덕 위에 세워진 풍차를 배경으로 바다 풍경이 예사롭지 않았다. 남해 여행을 마치고 귀경을 하니 그다음 날부터 많은 비가 내리고 지루한 장마가 시작되었으니 기가 막힌 타이밍이다.

그리고 장마가 끝났다. 계획했던 대로 제주 여행을 가기 전에 지루하던 장마도 끝나고 본격적으로 무더위가 시작되었다.

이번 제주 여행은 환상적인 하늘 풍경과 신선한 바람으로 오히려 숲속 산림욕에는 추위를 느낄 정도로 시원한 제주 여행을 즐길 수가 있어서 참 좋았었다.

제주공항에 내려 렌터카로 제일 먼저 달려간 곳은 절물자연휴양림이었는데 이상학 씨의 섬김으로 편안한 여행을 할 수 있었다. 그런데 9명이 10인승 밴을 타기에는 비좁았으며 맨 뒷자리는 3명이 앉기가 많이 불편했다. 그렇지만 홀쭉이인 나와 조혜림 총무가 있어서 그나마 다행이었다. 첫째 날 저녁은 지인이 운영하는 여진이네 흑돼지 전문점에서 흑돼지 오겹살을 꽃게된장찌개와 함께 정말 맛있게 먹었는데 다른 곳보다 1인분에 4,000원 정도 저렴하게 먹을 수 있었다. 역시 아는 곳이 이럴 때는 최고일 것이다.

저녁을 맛있게 먹고 호텔로 들어가기가 아쉬워 바닷바람을 쐴 겸 용두암에 왔는데 예전에 왔을 때 보니 근처에 출렁다리가 있었던 기억이 나 용두암을 바라보고 오른쪽으로 200미터쯤 떨어진 곳으로 천천히 걸어갔다. 흔들다리 앞에서 사진도 찍고 다리를 건너는데 흔들흔들하는 것이 짜릿하다. 송경희 씨는 무서워 엉거주춤 걷는다. 그 모습이 너무나 우습다. "경희 씨! 포경 수술한 거야?" 모두들 한바탕 웃어 젖힌다.

첫째 날을 잘 보내고 둘째 날 일정은 방주교회를 맨 먼저 갔다가 수국축제를 하는 카멜리아 힐에서 즐거운 시간을 보내는 것이었다. 서귀포 자연휴양림에서 평상에 돗자리를 펴고 한숨을 잤다. 산림욕을 즐기다가 내려와 산방산 해수온천을 하고 여진이네 집에서 소개해 준 물만난고기 횟집에서 2만 원 하는 A코스를 먹었는데 가격에 비해 너무 잘 나온다고 칭찬이 대단하다. 회를 안 좋아하는 나와 송경희 씨는 우럭 매운탕을 시켰는데 맛이 최고였다.

식사를 마치고 호텔로 돌아오는 길에 김경희 씨가 내 생각을 알기라도 한 듯 내일은 비가 왔으면 좋겠다고 한다. 생뚱맞게 여행에 웬비! 이렇게 말할 수도 있겠지만 낼 방문하는 곳이 천년 숲 비자림인데 비가 조금 내린다면 원시 밀림 곶자왈의 풍경이 훨씬 더 매력적이기 때문이다.

호텔에 들어와서 캔 맥주 파티를 하는데 김경희 씨가 오늘 여행을 하면서 얼굴이 탔다며 다들 얼굴 팩을 해 준다. 남자는 검정 팩으로 여자는 흰 팩으로 해 주었는데 보고 있자니 너무 웃긴다. 그런데 혜영 씨, 곰발바닥 닭발바닥 게임을 하자고 제안을 한다. "기호 씨 발음 좀 제대로 해 봐. '달발바당'이 뭐야!" 일반 호텔 같으면 시끄러워 어림도 없는 게임이다. 그냥 맨얼굴로 게임해도 배꼽 빠지는데 검정 팩 흰 팩이 어우러져 게임을 하니 혀가 제대로 안 돌아가는 것은 물론이고 보는 것만으로도 으히히히 너무 웃다 보니 배가 다 아프다.

"왜 나를 보고 웃긴대? 자기는 더 웃기는데."

다음 날 호텔에선 호텔 지붕이 날아갔다며 수리를 해 달란다. 세상에나 이런 기막힌 게임도 있네!

아침에 일어나 창밖을 보니 이럴 수가! 나와 김경희 씨의 바람대로 비가 내린다. 우산을 준비하지 못해 우산을 사는 돈이 나가는데도 기분이 좋다. 평소 비오는 걸 좋아했지만 오늘 내리는 비는 더욱 반갑다. 아침식사를 하고 짐 정리를 한 후 프런트로 내려와 체크아웃을 했지만 짐을 차에 실을 수가 없어서 호텔에 부탁을 했더니 흔쾌히 허락해 준다.

주차장으로 차를 가지러 간 사이 비는 좀 더 내린다. 마침 식당에서 일하시는 아주머니가 올라오시기에 그동안 아침을 맛있게 먹었노라고 감사 인사를 건네면서 "오늘은 비가 많이 오네요?"라고 그랬더니 아주머니는 "오늘은 어디를 여행하세요?" 물어 오신다. 대수롭지 않게 비자림 숲에 간다고 그러니, 당신이 기상청 예보 담당관이라도 된 듯이 "그곳에 가면 비가 그칠 거예요" 그러신다.

의심 반의 마음으로 고개를 갸우뚱하고는 작별의 인사를 드리고 차에 올라 40분 거리의 비자림 숲을 가는데 앞도 보이지 않을 정도로 폭우가 쏟아진다. 연신 와이퍼를 작동해 보지만 엄청나게 쏟아지는 폭우에는 속수무책이다. 비가 왔으면 했던 기도가 근심으로 변했지만 조금 더 가니 빗줄기가 가늘어지고 보슬비로 바뀐다. 그제서야 마음이 안정이 되고 안심이 된다.

변덕스러운 날씨를 닮은 듯 요리저리 흔들리는 내 마음은 노랫말처럼 갈 곳을 잃었지만 마음과는 상관없이 비자림 숲에 도착을 하니 호텔 주방 아주머니의 말씀과 같이 거의 비가 그쳐가고 있었다. 세상에, 세상에나!

그런데 한 방울이라도 몸에 맞으면 안 될 표정으로 우산을 찾는다. 재빨리 편의점에 들어가 우산과 우비를 샀지만 결국 쓸데없는 짐만 되어 버리고 말았다.

셋째 날 비자림 숲길 걷기 때는 바라던 대로 아침에 비가 내려 운치를 더한 가운데 숲길을 걸었다. 마지막 일정은 용눈이 오름과 다람쉬 오름을 중심으로 펼쳐진 레일바이크를 타는 것이었다. 구름과 바람과 목장의 풍경에 흠뻑 빠져 본다.

모든 일정을 마치고 공항으로 가는 길은 모두 다 아쉬워 발길을 돌리기가 힘들었지만 다음을 기약하며 더위사냥을 위해 서울로 귀경을 한다.

그곳에 가면 **제주**이 흐른다

Photo by 김경희

장풍 콘셉트: 여수와 순천

설렘과 낭만, 가득한 추억으로 긴 여운을 남긴 남도 여행을 무사히 잘 마치었다.

1박 2일 함께 웃으며 우정을 나누었던 이번 여행의 즐거움 중 하나는 김경희 편집장이 진행했던 장풍 콘셉트라고 하는 기발한 아이디어가 대박을 터트린 것이다.

청소년 시절 많이 보았던 중국 무림영화에서 고수들이 기를 모으고 손을 펴 바위며 나무며 사람들을 한순간에 날려 버리는 장면은 장쾌하기 그지없었다.

액션 큐! 구령에 맞춰서 한 사람은 양손을 펴 바람을 날리고 상대방은 하늘로 펄쩍 뛰어 뒤로 넘어지듯 하는 장면을 순간 포착해서 찍은 사진은 다시 봐도 웃음을 터트리게 한다.

각 조별로 베스트 포즈 단체상을 만들어서 날릴 때는 무림의 절대 고수인 양 품을 잡고 '얍!' 힘찬 기합 소리와 함께 멀리 날아가 떨어질 듯 갖가지 표정과 액션을 취하는데 웃지 않을 수가 없다.

회원들의 투표로 진행된 결과 가장 득표를 많이 한 1등은 사랑조(김혜영 운영자, 이지현 씨)에게 돌아갔으며 공동 2등으로 기쁨조(강태석 편집위원과 이경찬 씨), 화평조(조선심, 조현희 자매)에게 돌아갔다.

개인상은 지난 남해 여행 때 날고 있는 원더우먼 콘셉트로 1등을 했던 조혜림 총무가 차지해 세 자매가 상품을 싹쓸이하는 기염을 토했다.

2등은 아무리 봐도 귀여운 뚱띠, 장익상 씨가 뽑혔다. 시상품은 순위와 관계없이 유한양행 비타민 씨였다. 전체 참여 인원 29명은 겨울철 필수품인 핸드크림을 받았다. 시상품 준비는 이번에도 역시 베풂의 여왕 김경희 편집장께서 자비로 마련을 했다.

일정을 돌아보면 여수 해양 레일바이크를 탔고 오동도 산책을 한 다음 해상 케이블카를 탔고 돌산공원에서 야경을 즐기는 것으로 첫째 날 일정을 잘 마치고 숙소인 순천의 펜션에서 단잠을 잤다.

둘째 날은 숙소 근처에 있는 순천만 국가정원에서 펼쳐진 국화 축제를 관람하고 '나는 택시'라 불리는 스카이 큐브를 타고 순천만 습지 갈대밭을 산책하는 것으로 일정을 잘 마치었다.

안산 자락길 걷기 축제

사람은 누구나 무병장수하며 행복하게 살기를 소망하지만 살아가면서 숱한 잔병치레를 하며 눈물을 흘리고 힘들 때가 많이 있는 게 사실이다.

또한 육체의 질병보다 더 무서운 마음의 병으로 우울증이나 조울증에 시달리는 경우도 주위에서 많이 볼 수 있어 안타까운 현실이 늘 우리 곁에 있다.

대부분의 사람들은 건강할 때는 건강이 얼마나 소중한지 모르다가 건강을 잃은 후에야 후회를 한다. 그러나 예전처럼 건강 회복은 얼마나 어려운지…. 건강은 건강할 때 지키는 게 최선이라는 걸 지식으로는 아는데 실천은 미지수다.

짧지만 오랫동안 건강한 삶을 살아갈 수 있는 이 세상에서 가장 훌륭한 선생님 세 명을 소개한다. 선택은 자유이다.

첫째, 음식 선생님이다. 음식은 위의 80%만 채우고 절대 과식하지 말자.

둘째, 수면 선생님이다. 밤 11시 이전에 잠을 자고 아침 6시 해가 뜨기 전에 일어나는 게 좋다.

셋째, 운동 선생님이다. 사실 운동은 어렵지 않다. 내 경험으로 볼 때 의사의 소견대로 하루 팔천 보 정도 그냥 열심히 걷다 보면 웬만한 병은 나을 수 있다.

그런데 육체만 건강하면 반쪽 건강이다. 육체의 건강과 더불어 마음과 영혼의 건강을 위해 다음 두 가지 보약을 복용해보자. 그 보약의 이름은 누구나 다 아는 웃음과 사랑이다.

첫째, 웃음은 부작용이 전혀 없는 만병통치약이다. 안 좋은 일이 있을 때는 더 많이 복용하면 된다. 그리고 평생 꾸준히 복용하면 더 좋다.

둘째, 사랑은 가장 중요한 비상약으로 항상 가지고 다니면서 수시로 복용하는 게 좋다.

참 쉽지 않은가? 음식, 수면, 운동을 병행하며 웃음과 사랑을 잃지 않는다면 당신은 분명 육체와 마음 그리고 영혼이 건강해지는 행복한 삶을 누릴 것이다.

걷기를 시작하고 20여 차례나 찾아가 제일 많이 다녀왔던 안산 숲에서 뜻깊은 행사를 진행했다. 제1회 안산 숲길 걷기 대회라는 부담감 있는 명칭을 힐링의 정신에 걸맞은 걷기 축제로 바꾸었다.

당신과 나 그리고 힐링100클럽을 위한 축제의 날, 송창식 씨, 윤형주 씨가 불렀던 노래와 같이 축제의 날에 전 회원이 함께 모여 축제의 노래를 합창해 본다.

평소와 같이 3호선 무악재역 3번 출구로 나오니 이곳에 사는 방경숙 강북 운영자가 커피와 빵, 두유, 간식을 60명 분을 준비해 모두에게 나누어 주었다. 김경희 편집장은 기념 타올을 새로운 로고로 제작해서 자비로 나누어 주었다.

60명이라는 많은 회원들의 행렬이 길을 가득 메운 가운데 데크로 이어진 숲길을 지나 메타세쿼이아 숲 정원에 도착했지만 쉬고 있는 사람들이 많아 하는 수 없이 예전에 봐 왔던 배드민턴장으로 가기로 했다. 다행히 도착해 보니 아무도 치는 사람이 없고 몇 명만이 팔각정에서 간식을 먹고 있었다. 배드민턴장에 자리를 펴니 우리 회원만으로도 한쪽 운동장이 그득한 것이 흐뭇하기만 하다.

준비해 온 도시락을 맛있게 먹고 나니 정상 봉수대까지 올라갔다가 오겠단다. 사람들을 보내 놓고 남은 사람끼리 배드민턴을 치는데 제대로 안 된다. 오랜만에 치니 당연히 안 될 수밖에 없다.

이렇게 진행된 안산 숲 걷기 축제는 모임에 활력을 불어 넣으며 순항하게 되었으니 얼마나 좋은 일인가!

남한산성 운동회

4년 전부터 둘레길을 걷기 시작하고 가장 많이 간 곳이 서대문에 있는 안산 자락길이고 그다음이 남산 둘레길이며 이어서 남한산성을 자주 올랐다. 집에서 접근하기 쉽다는 장점도 있지만 다양한 코스가 있어서 걷는 재미가 더하기 때문이다.

남한산성은 1963년 사적 57호로 지정되었다가 2014년 유네스코 세계문화유산으로 등재된 우리의 대표 문화재이다. 남한산성은 서울시, 성남시, 광주시, 하남시까지 넓게 분포되어 있다. 넓게 분포된 만큼 올라가는 길도 다양한데 본인의 체력에 맞게 올라가면 된다.

가장 많이 선호하는 코스는 8호선 산성역에서 내려 버스로 환승하여 산성 로터리에서 내려 성안 둘레길을 걷는 코스인데 편안한 복장에 구두를 신고 오는 사람들도 많다.

영화 〈남한산성〉을 보면 충직한 두 신하와 다른 신념으로 인해 다투는 모습을 리얼하게 그렸는데 영화를 보는 내내 빨려들어가듯 몰입했던 생각이 난다.

이 절체절명의 순간이지만 잠시 치욕을 견디고 청과 화친하자는 이조판서 최명길과 끝까지 싸워 대의를 지키자는 예조판서 김상헌의 날카로운 논쟁과 갈등을 그려내는 장면.

견디어 후일을 도모할 것인가? 싸워 죽음을 택할 것인가? 상념에 싸여 고민하는 인조의 얼굴 표정에서 나도 모르게 어두운 기운이

엄습해 옴을 느꼈다. 결국 제대로 싸워 보지도 못하고 치욕의 화의를 하고 말았던 뼈아픈 역사가 지금도 들리는 듯하다

어제는 모임을 개설한 이후 처음으로 남한산성 안에 있는 귀곡산장에서 운동회를 개최하였다. 비가온 뒤 약간은 쌀쌀한 날씨였지만 26명의 회원들이 마천역에서 내려 비교적 올라가기 쉬운 코스를 김효열 후미 대장의 리딩을 따라 올라왔고 일부는 차량으로 직접 식당으로 왔다.

그런데 산이 불탄 듯 곱게 물든 단풍을 보기 위해 남한산성을 찾는 시민이 너무 많아 산성길을 차로 올라오는데 1시간 30분 이상 걸려 차로 온 회원들은 걷지를 못하고 바로 식당으로 와야만 했다.

토종닭 백숙으로 점심을 맛있게 먹고 인천에서 차를 가지고 온 정경애, 이용하 부부가 가래떡 두 박스를 빼 오셨다. 뜨끈뜨끈한 가래떡도 먹고 많이 남아 식당에도 주고 모두들 한 봉지씩 나누어 주었다.

이렇게 고마울 데가. 식사를 마치고 본격적으로 게임을 하기에 앞서 손에 손을 잡고 빙빙 돌며 몇 명 모여 게임을 한다. 그런데 세상에! 자기 짝 찾아 허둥대는 모습, 배꼽 빠져라 웃을 수밖에. 웃음 천국이 따로 없다.

이어서 제기차기를 하는데 가관이다. 마음은 될 것 같은데 몸이 따라주질 않고 손발이 따로 논다. 이어서 이어진 족구 시합에도 그야말로 오합지졸이다. 어설픈 게임은 지루할 틈이 없고 어설프게 이어지니 게임은 차는 자도 떨어뜨린 자도 구경하는 자도 박장대소. 내 배꼽 돌리도…. 얼마나 웃었는지 눈물이 다 난다.

옛날 같지 않은 몸놀림은 세월의 흔적으로 남았지만 우리는 그래도 웃음으로 끝맺음을 했다.

덕유산 눈꽃 여행

주일 예배를 마치고 집 근처 공원에서 산책을 하는데 놀이터에서 초등학생으로 보이는 어린아이들이 뛰놀면서 노래하는 게 신기했다.

아이들이 뛰놀면서 노래하는 게 뭐가 신기한가 반문할 수도 있겠지만 처음 들어보는 선율이 아이들이 부를 만한 노래가 아니었기 때문에 관심이 갔다.

"좋다~ 좋다~ 좋다~ 좋다~ 참 좋은 여행"

반복해서 계속 부르는데 마음에 와닿았다. 나중에 알고 보니 참 좋은 여행사의 광고송이었다.

나는 곰곰히 생각해 봤다. 참 좋은 여행이란 어떤 것일까?

2018년도 신년 계획으로 세웠던 정기 여행이 덕유산 눈꽃 여행을 끝으로 마무리할 수 있어서 매우 기쁘다. 아무런 사고와 다툼이 없이 사랑과 섬김을 받으며 보냈던 지난 일 년은 그래서 더 뜻깊은 한 해가 되었다.

1~2월 다섯 편의 뮤지컬 공연 관람을 시작으로 3월 남원 관광과 지리산 둘레길 걷기에 42명이 참석했고, 4월 10명이 참여했던 동유럽 4개국 여행도 마찬가지, 5월 만석으로 떠났던 1주년 춘바람, 신바람 춘천 여행, 6월 33명이 참석했던 1박 2일의 거제도, 통영, 남해 여행, 7월 9명이 참여했던 2박 3일 일정의 제주 여행, 8월 만석으로

떠나 맨발로 황톳길을 걸었던 계족산 나들이, 8월 광복절 무료 이벤트였던 대부도 해솔길 해안 트레킹, 9월 32명이 참여했던 대관령 옛길과 강릉 여행, 10월 29명이 참여했던 1박 2일의 여수, 순천 여행, 11월 만석으로 즐겼던 속리산 세조길 단풍 여행, 12월 만석으로 떠났던 덕유산 눈꽃 여행까지. 벗들과 함께 웃고 즐겼던 기쁨의 시간들을 추억으로 간직한 채 새해를 맞이할 수 있어서 무엇보다 기쁘다.

겨울하면 가장 먼저 떠오르는 것은 역시 눈이다. 어릴 때 즐겼던 눈썰매라든지, 군고구마, 붕어빵 등이 생각나기도 하지만 역시 겨울엔 눈이 최고다.

고요한 밤, 밤새 내린 눈이 온 세상을 온통 하얗게 만든 것도 모르는 채 잠들었다가 아침에 깨어 보게 된 창문에 투영된 눈 세상이란…. 요즈음은 웬일인지 눈이 거의 내리지 않아 많이 아쉽다.

어린 시절 고향에서 살 땐 눈이 그렇게도 많이 내렸는데…. 대청마루에 서서 논산 평야 넓은 들에 폭설이 내리는 걸 자주 보며 자랐지만 요즈음 서울에선 눈 소식이 거의 없다.

다행히 우리가 가기로 되어 있는 덕유산에 눈이 많이 내렸다며 그곳을 다녀온 친구가 눈꽃 사진을 보내왔는데 역시 눈꽃 성지답게 눈부시도록 아름답다.

덕유산은 무주 설천면과 경북 거창군에 걸쳐 있는 산으로 최고봉인 향적봉(1,614m)을 중심으로 1,300m급 봉우리들이 능선을 따라 줄지어 있어서 장관이다.

특히 덕유산은 겨우내 상고대가 피어 있는 것으로 유명하다. 상고대란 1,000m 이상의 고산준령에 눈이 오지 않더라도 안개가 영하 6도 이하의 추운 날씨에 나무나 잎에 옆으로 피는 것을 말하는데 너

그곳에 가면 *행복*이 흐른다

무나 아름답다.

덕유산은 다른 곳에 비해 비교적 눈이 많이 내리는 곳이기에 무주 리조트도 세워지고 겨울철이면 스키 마니아들로 인산인해를 이룬다.

그러나 이처럼 아름다운 눈꽃이 펼쳐지지만 1,600m가 넘는 덕유산을 눈 속을 헤치며 오르기는 쉽지 않다. 이보다 훨씬 높은 한라산보다도 어렵다. 한 걸음 한 걸음 오른다면 못 오를 리 없겠지만 말이다.

다행히 무주 리조트에서 운영하는 곤돌라를 타고 누구나 쉽게 정상에 오르는 방법도 있어서 좋다.

겨울 방학 성수기에는 많이 기다려야 하는 불편함이 있지만 정상에서 맞이하는 설경에 비하면 아무것도 아니다. 기다리는 설렘 속에 곤돌라를 타고 눈꽃 세상을 바라보며 올라가는 것은 또 다른 묘미다.

설천봉에서 내려 향적봉까지 눈꽃 터널을 걷는 기분을 어찌 말로 표현할 수 있을까! 특히 흩날리는 눈보라 속에 반짝이는 눈꽃은 보석이 박힌 듯 영롱한 빛으로 반사가 된다.

눈구름과 안개가 자욱하게 낀 날에는 더욱 몽환적이다. 온 천지가 안개에 덮여 보일 듯 말 듯한 신비스러움은 단번에 눈꽃 황홀경으로 빠트려 버린다.

지난해 왔을 때가 바로 그런 풍광이었다. 겨울왕국 눈꽃 황홀경에 빠져 한동안 빠져나오질 못했었다. 이런 연유로 올 마지막 여행을 덕유산 눈꽃 여행으로 잡았는데 눈 소식에 가슴이 두근거린다.

만석으로 천호를 출발한 45인승 관광버스는 경유지 사당과 경부

고속도로로 죽전 정류장, 신갈 정류장을 거쳐 예상보다 빠른 오전 11시에 도착을 했다. 미리 예약해 둔 식당에서 갈비탕과 자연산 버섯탕을 먹고 무주 리조트에 도착을 하니 산 위에 눈꽃이 보이질 않는다.

곤돌라 타는 시간이 오후 1시 반부터라 시간이 많이 남았지만 한쪽 편에 눈 동산을 만들어 놓아 사진을 찍으면서 눈썰매를 타는데 모두들 아이처럼 좋아라 한다. 동심의 세계에서 마음껏 웃으면서 모처럼 눈썰매를 즐겨 본다.

산 중턱에는 눈꽃이 안 보이지만 정상에 올라가면 눈꽃이 있겠지 하는 기대를 가지고 곤돌라에 올라 설천봉에 도착했지만 기대하던 눈꽃은 보이질 않는다. 며칠 새 높아진 기온으로 다 녹아 버리다니….

이런, 이렇게 아쉬울 데가 있나! 이렇게 눈꽃은 우리를 외면해 버리고 말았다. 그나마 다행인 건 투명한 하늘과 맑은 날씨. 그마저도 모두들 좋아라 하니 그나마 마음이 놓인다.

참 좋은 여행이란 어떤 것일까? 아이들이 놀이터에서 뛰놀면서 의미도 모른 채 부르는 노래였지만, 그 울림이 허공에서 사라지지 않고 가슴을 울리는 메시지가 되어 아로새겨졌다.

우리 참 좋은 여행 속으로 들어가 보자. 날마다 반복되는 단조로운 일상 속에서 똑같은 하루가 반복되지만 우리의 마음은 어떻게 생각하느냐에 따라 생각의 차이를 뚫고 상상 이상의 것들을 만들어 낸다. 우리는 매일 반복되는 일상 속에 살면서 어리석은 사람은 방황을 하고 현명한 사람은 여행을 한다.

그러므로 추억이 빈약한 자는 그가 비록 부자일지라도 가난한 자이고 추억이 많은 자는 그가 비록 가난한 자일지라도 부유한 자이다.

그러므로 우리 모두 여행을 통해 단순한 삶 속에서도 찬란하고 위대한 경이로움을 깨닫게 되기를 바란다.

Photo by 김경희

송년 모임의 감사 인사

한 해의 끝자락에 서서 지난 날들을 돌이켜보니 감회가 새롭다. 숲길 걷기와 여행 그리고 다양한 장르의 공연 관람을 통하여 힐링 스토리의 회원 정신이 추구하는 목표인 건강한 삶과 행복한 일정의 계획들을 성실히 수행한 한 해가 아니었나 자평해 본다.

오늘 '평범한 송년회는 가라'라는 슬로건으로 진행된 뜻깊은 자리에 61명의 패밀리들이 모여 자리를 빛내 주신 가운데 풍성한 잔치를 개최하게 되어 기쁨이 충만하다.

교통사고로 오랫동안 입원하셨다가 3일전 퇴원하여 첫 나들이로 오셨던 김홍순 씨가 40만 원짜리 훈제기를 행운권으로 타게 되는 감동의 드라마가 펼쳐지기도 했다.

이렇게 많은 상품이 협찬으로 들어온 것에 대해 뷔페에서 매우 놀라워했다. 많은 현금과 상품 후원을 해주신 운영진 이하 모든 분들께 진심으로 감사드린다.

또 다른 감동의 물결은 손주의 돌과 겹치지만 끝나기 전에 가겠노라는 회원, 보일러가 터져 수리를 해야 함에도 불구하고 왔노라는 회원, 꼭 가야 하는 결혼식이 있었지만 힐스와의 약속을 지키기 위해 참여 했노라는 회원들의 넘치는 열정이 있다. 마음 깊이 아로새겨진 그 열정들이 우리의 힐스를 이끌어 가리라 믿게 되는 순간이었다.

그곳에 가면 **행복**이 흐른다

그동안 찍었던 사진을 인화하여 최고급 크리스털 액자에 끼워 한쪽 편에 수놓은 작품 사진 전시회는 비록 돈은 많이 들어갔지만 먹고 마시고 취하던 송년회에서 벗어나 문화 콘텐츠가 있는 행사로 만들고자 한 시도였다. 많은 보람을 느낄 수가 있었다.

편집부에서는 작품 사진을 동영상으로 제작하여 송년 모임을 더욱 빛냈다. 남자들은 산타 모자를 썼고, 여자들은 사슴뿔 핀과 산타 콘셉트 의상을 입어 소소한 즐거움을 맛봤다. 이번 송년회가 앞으로도 계속 문화 콘텐츠로 자리 잡길 소망해 본다.

오늘의 하이라이트는 뭐니 뭐니 해도 김경희 편집장께서 준비한 촛불 의례다. 잔잔한 음악을 배경으로 또렷하면서 호소력 있는 목소리로 낭독했던 「소망의 시」.

소망의 씨앗들이 열정을 가진 몇몇
사람들의 가슴에 뿌려졌습니다.
시련의 비바람에도
시기의 눈보라에도
미움의 폭염 속에서도
튼튼한 뿌리를 내리고 소망의 싹은 피웠습니다.

(중간 생략)

건강의 나침반
행복의 나침반
이 글을 읽는 모든 이들이 건강과 행복한 삶을 위해
기도합니다.
오래도록 함께 멋지게 익어 가길 소망합니다.

조용하게 낭독한 「소망의 시」는 사람들의 가슴에 작은 불씨를 붙이는 시간이 되었다.

　곧이어 진행된 촛불 의례는 메말라 버린 우리의 감성을 어루만지는 마이더스의 손이 되었고 손에 손을 잡고 LED등을 흔들며 함께 부른 합창은 감동의 메아리가 되어 홀을 가득 채웠다.

　'함께'라는 표현이 참 잘 어울리는 여성 대표 김혜영 캡틴, 모임을 기획하고 준비하고 총 진행을 맡아 수고해 주신 남성 대표 임기호 캡틴, 인연의 브리지가 되어준 조혜림 총무님과 슈퍼우먼이자 효녀 심청인 방경숙 강북 운영자님, 사진 찍기의 달인 강태석 편집위원님, '연약한 여인은 내게 맡겨' 자칭 짐꾼 김효열 후미 대장님, 늘 구운 계란으로 사랑을 펼치는 리틀 자이언트 구명옥 강동 운영자님, 친절의 대명사 모혜경 강서 운영자님과 웃음이 일품인 윤석청 강서 운영자님, 부드러운 카리스마 연광흠 강남 운영자님, 맛의 예술사 영원한 셰프 권시범 운영자님, 곳곳마다 자세한 설명으로 감칠맛을 더하는 이경찬 경인 지역 운영자님, 우리의 감성을 충만케 하는 이숙희 문화공연부 팀장님, 아침마다 대문을 여는 송경희 출석 체크 운영자님까지 운영진 16명은 보다 나은 명품 클럽을 위해 헌신을 결의하며 힐링 님들을 잘 섬겨야겠다고 다짐해 본다.

　그리고 일일이 호명을 못했지만 물심양면으로 섬겨 주시는 말 없는 천사들이여! 우리 모임의 보배들이다. 한없는 축복이 가득하길….

힐링 스토리의 걷기 정신

힐링 스토리의 걷기 정신은 무엇일까?

나는 어린 시절 집 뒤에 있는 나지막한 동산에 오르는 걸 좋아했다. 바람이 많이 부는 날이면 홍어연이나 방패연을 만들어 친구들과 연날리기를 하면서 놀았던 기억이 난다. 당시에는 민둥산이었는데 몇 년 전에 가보니 오솔길을 따라 올라가는 길은 울창한 숲이 되어 있었다.

아마 초등학생 시절이었을 것이다. 식목일이면 수업을 하지 않고 산에 올라 고사리 같은 작은 손으로 심었던 조그만 묘목이 50년이 지난 지금 이렇게 커다랗게 자라 울창한 숲이 되다니 신기하고 놀라웠다. 어릴 적 친구들과 자주 걸었던 정감이 넘치는 오솔길은 옛 추억의 보물창고가 되었다.

은은하게 풍기는 숲 내음, 피톤치드 향이 가득한 숲길, 태고의 신비를 간직한 해안길, 새소리, 물소리 어우러진 계곡 등. 이런 걷기가 힐링 스토리의 걷기 정신이라 정의할 수 있다. 수수만 년 오랜 세월 자연이 만들어 내는 신비스러운 풍광을 감상하면서 자연과 함께 호흡하며 걷는 형태라 말할 수 있다.

세계적으로 가장 널리 알려져 있는 걷기 형태로 스페인의 산티아고길, 일본의 오헨로 순례길, 제주의 올레길, 지리산의 둘레길 등이 있으며 무리하지 않고 명상하듯 수평적으로 걷는 운동이 힐링 스토리 정신이다.

등산은 산 정상에 오르는 것을 주목표로 위험과 역경에 도전하고 극복함으로 성취감을 얻는 걷기 형태이지만 대체적으로 자신의 체력보다 오버 페이스 하는 경우가 많아 다녀온 후 후유증에 시달리는 것을 주위 사람들을 통해 종종 볼 수가 있다.

그렇지만 힐링 스토리 정신은 위험 부담이 없는 숲길 걷기와 산림욕, 낭만으로 채워지는 여행을 통해 힐링을 주목표로 삼기에 50대 이후 누구나 해야 하는 건강증진 운동인 것이다.

"걸어야 건강하게 될 수 있고 건강해야 걸을 수 있다."

지금 무릎이 괜찮다고 자만해선 안 된다. 지금 무릎이 괜찮다고 거친 정상에 올라 잠깐의 희열에 도취되는 마약의 달콤함으로 자신의 무릎을 망가뜨려서는 안 된다.

지금 무릎이 괜찮다면 지금부터 무릎 보호대를 하고, 스틱을 하고 수평적인 숲길 걷기를 권장한다. 그 이유는 한번 무릎이 망가지면 회복되기 어렵기 때문이다. 10년, 20년, 30년 길게 보는 안목으로 조심, 조심 또 조심하길 간절히 바란다.

누가 이렇게 말할 수 있겠는가? 다 사랑하기 때문이고 오래도록 함께 걷기를 원하기 때문이다.

그곳에 가면 행복이 흐른다

숲길 예찬

윤미영

　새벽에 눈을 떠 창밖을 보니 비가 내리기 시작했다. 하늘 가득 물을 품고 있던 먹구름이 제 무게를 못 이겨 힘겹게 쏟아내는 장대비다. 요란한 천둥번개와 함께 갑자기 소란스러워진 창밖 풍경에서 눈을 떼지 못하고 있는데 연락이 왔다. '예정대로 출발합니다.' 이 소란스러움에도 아랑곳 않고 예정대로 출발한다니…. 잠시 망설여졌다. 오늘은 언젠가 우연한 기회로 친구들과 함께 시작한 둘레길 걷기를 하는 날인데 멀쩡하던 날씨가 하필 오늘 심술을 부린다.

　요즘엔 각 동네마다 숲길 따라 흙을 밟으며 걸을 수 있는 둘레길이 잘 조성되어 있어서 나처럼 도시에서 나고 자라 아스팔트 빌딩숲에서만 살던 사람들에게는 멀리 가지 않아도 만날 수 있는 일상의 선물이 되고 있다. 딱딱한 아스팔트에 피곤해진 발바닥을 폭신한 흙에 내맡기고 타박타박 걷는 느림의 미학을 누구나 쉽게 경험할 수 있는 것이다. 서두르지 않고 느리게 걷는 숲길의 매력, 숲속의 초록 잎새들이 넘치게 뿜어내는 피톤치드를 가슴 가득 들이마시며 호흡할 수 있는 그 숲길의 매력에 나 역시 조금씩 빠져들게 되었다. 젊을 때에는 가파른 등성을 숨차게 올라 정상을 맛볼 수 있는 산이 좋았지만, 이제는 여기저기 부실해진 내 몸을 거부하는 산보다는 산의 언저리에서 느리게 걸으며 숲의 향기를 느낄 수 있는 둘레길이 훨씬 마음 편했다. 더구나 혼자가 아닌 친구들과의 동행이라니 얼마나 즐겁고 행복한 일인가 말이다. 나이가 들어갈수록 입 크게 소리 내어 웃을 일이 별로 없었던 차에 친구들과 함께 걸으며 까르르 웃을 수 있는 둘레길 걷기는 그 어느 것에도 비할 수 없는 즐거움이었는데 이렇게 비가 오다니. 너무도 소란스러운 장대비에 잠깐 망설여지기도 했지만 그래도 여럿이 약속한 일이라 결국 가기로 하고 간단한 짐을 챙겨 집을 나섰다.

비슷비슷한 기억과 추억들을 간직한 친구들과 둘레길 입구에서 만났다. 속은 여전히 아이인 채 키만 불쑥 커 버린 피터팬들, 무심한 세월 속에 머리만 희끗하게 새어 버린 오래된 친구들이다. 우리는 이제부터라도 샌 머리나 주름진 얼굴 따위에 연연하지 말자고 했다. 시간 날 때마다 모여서 흙을 밟고 숲길을 걸으며 비슷하게 기억하고 있는 아이 때의 웃음을 찾자고 했다.

아직도 비는 계속 퍼붓고 있다. 날이 밝았음에도 불구하고 해를 가려 버린 장대비 탓에 어두운 숲으로 쏟아져 내리는 빗줄기 소리가 가히 웅장하다. 거기엔 도시의 그 어떤 소음도 섞여 있지 않은 자연 그대로의 장대함이 진하게 녹아 있었다. 그 웅장한 빗소리에 가슴이 뚫리기라도 한 듯, 모여 있는 친구들은 모두 말을 잃은 채 그 웅장함을 바라보고만 있었다. 맑고 화창한 날의 숲길에는 참새처럼 재잘대는 즐거움이 있었다면 오늘같이 이런 날의 풍경 앞에서는 말

그곳에 가면 *행복*이 흐른다

없이도 통할 수 있는 무엇인가를 공유하게 되는 게 아닐까.

장대비가 지나가기를 기다리며 끝 모를 생각에 잠겨 있다 보니 어느새 거짓말처럼 비가 그쳤다. 노아가 본 홍수가 이랬을까 싶을 정도로 땅을 집어삼킬 듯 소란스럽던 그 장대비는 어디로 가고 어디선가 새소리도 조금씩 들리기 시작하는 게 아닌가. 다행이었다. 우리는 폭우가 내린 후 더욱 촉촉해진 산자락을 천천히 걸어가기 시작했다. 비가 지나간 뒤 피어오르는 안개비를 헤치며 타박타박 느리게 걷는 흙길의 즐거움, 숨이 차도록 무리하게 오르지 않고 나보다 더 느린 친구의 걸음도 서두르지 않고 기다려 주는 배려, 그것이 둘레길을 걷는 또 하나의 매력이 아닐까.

숲길에서는 장대비가 지나간 후 더 푸르게 싱그러워진 초록 잎새들이 우리를 맞아 준다. 어미젖을 양껏 먹은 후 푹 자고 일어난 어린 아기의 볼처럼 생기 있게 반짝이며 말이다. 물기를 머금은 흙은 마치 폭신한 융단처럼 우리의 발걸음을 감싸주고, 비 갠 하늘은 산을 둘러싸고 있던 안개구름들을 위로 위로 천천히 빨아올리고 있었다.

그때 어디선가 커다란 흰 새 한 마리가 소리 없는 날갯짓을 하며 하늘로 하늘로 날아오르는 게 보였다. 비 갠 하늘이 너무 크고 넓어서였을까? 그 가운데를 외롭게 날아오르고 있는 이름 모를 흰 새의 날갯짓이 왠지 힘겨워 보였다. 날개가 채 마르지 않았나, 날개를 다치기라도 한 건가…. 괜스레 안타까운 마음으로 새를 바라보고 있는데 옆에서 누군가 조용히 박수를 치기 시작했다. 그 새를 나만 본 게 아니었다. 비에 젖은 날개를 털어내며 힘겹게 비상하는 흰 새를 우리 모두가 같은 마음으로 바라보고 있었던 것이다. 누가 먼저랄 것도 없이 조용히 흰 새를 향해 응원의 박수를 쳐주었다. 힘내. 힘내라. 힘차게 날아올라라…. 우리들의 응원에 힘을 얻은 것일까. 흰 새는 하늘 위로 오를수록 더욱 힘찬 날갯짓으로 비상하며 우리의 시야에서 서서히 멀어졌다.

비 때문에 시작이 늦어진 탓에 우리는 해가 뉘엿해져서야 숲길 걷기를 마칠 수 있었다. 저 멀리 하늘에는 하루를 다 살아낸 빛바랜 해가 산등성이로 넘어가면서 마지막 선물인 양 붉게 타오르는 노을을 그려 내고 있었다. 노을을 바라보며 노을처럼 붉게 물들어 가는 친구들의 얼굴에서 나는 문득 힘겹게 하늘을 비상하던 흰 새의 모습을 떠올렸다. 그렇다. 이제는 젖은 날개를 털어내고 힘찬 날갯짓으로 드넓은 하늘을 자유롭게 날고 있을 흰 새의 모습이 바로 우리의 모습이었다. 비슷한 추억으로 같은 세대를 숨 쉬며 함께 이겨낸 많은 수고를 접고, 이제는 서로를 격려하고 의지하는 흰 새를 닮은 우리들. 오늘처럼 푸르른 숲길에서 위로를 받고 힘을 얻어 남은 세월을 또 그렇게 씩씩하게 살아갈 우리들. 우리는 오늘도 이렇게 숲길에서 힘을 얻는다. 흰 새의 비상을 꿈꾸며….

그곳에 가면 권복이 흐른다